mother　もくじ

イラスト／門地《もんち》かおり

mother

開いた傷口

視界が白い。街路樹に張り付いた蟬《せみ》がミンミンと騒がしく啼《な》いている。

佐藤真治《さとうしんじ》は額に張り付いた髪を掻《か》き分けて、手の甲で鼻の下の汗を拭《ぬぐ》いながら、日陰《ひかげ》のない熱されたフライパンのような歩道を歩いていた。夕方の駅前の繁華街は人でごった返している。近くの商業高校の生徒たちの姿が多く、その制服姿につい半年前までの自分を思い出し、真治は彼らから目を逸《そ》らした。

パチンコ店や居酒屋の並ぶごみごみとした通りを抜けると、自分でも体の力が抜けるのがわかる。真治は人の多い場所が苦手だ。かと言って一対一で誰かといるのも好まない。一人きりで、分厚い壁に守られて、狭い部屋の中で暮らしていたかった。

(いつになったら、これは治るんだろう)

何度か己《おのれ》に問いかけてきた疑問。けれど真治自身にわかるわけがないのだ。本当は何かしらのカウンセリングを受けるべきなのかもしれないけれど、あんなことは絶対誰にも話すわけにはいかない、と首を横に振る。

真治は以前はこうではなかった。ほとんど真逆の性格だったのだ。多くの友人たちと遊んだり、笑い合ったりすることができた。誰かに嫌われたり、喧嘩《けんか》をしたり、いがみ合ったりすることはほとんどなく、いつも平穏《へいおん》に、気の置けない友人たちと楽しく日々を過ごしてきた。

けれど、今はできない。心配してくれる人たちの声すらあまり耳に入れたくはない。人と接しているその状況が苦痛だった。誰も自分のことなど構わないで欲しい。昔は考えもしなかった疑念や不安がいつも真治の心に根ざしていた。誰かが自分を騙《だま》そうとしているのではないか。暴行を働こうとしているのではないか。親切なふりをして、欺《あざむ》こうとしているのではないか――。

(これが人間不信ってやつか)

真治は今年の春から大学一年生になった。幸い大学では高校と違って団体行動を強制されることはないので、一人で講義を聞いて、誰とも交わらないまま帰ることができる。構内で見知らぬ人に声をかけられることは度々《たびたび》あるものの、素っ気《そけ》ない態度や聞こえないふりを装《よそお》っているだけで、三ヶ月ほどが過ぎた今、真治にあえて声をかけようとする人物はかなり少なくなってきた。だが数ヶ月も熱心に話しかけられていれば、真治の方も多少は慣れてくる。相変わらず周囲の雑音は煩《わずら》わしかったけれど、それでも、以前よりはずっとマシである。

「え、やだ、あの人超かっこよくない」

小声で囁《ささや》かれた声にぼんやりと顔を上げると、向かい側から歩いてくる極端に短いスカートの女子高生二人組が真治をチラチラと見て頬《ほお》を寄せ合うようにしてはしゃいでいる。

「ガイジン？　ガイジン？　え、でも顔は日本人だよね。目が紫なのってコンタクト？」

一刻も早くアパートに辿《たど》り着きたい真治は、その露骨《ろこつ》な言葉に頓着《とんちゃく》することなくそのまま傍《かたわ》らを通り過ぎる。柑橘系《かんきつけい》のデオドラントの香りと若い女の汗の臭いが鼻についた。酸《す》っぱいような、甘ったるい臭いで、気分が悪くなる。

背後でまだ何か言っているような声がするけれど、すでに真治の頭はそれを言葉として理解しようとする気力すらない。幼い頃から自分の周りで囁かれる言葉には、すでに慣れ切ってしまっていた。

真治の母方の祖父はロシア人で、祖母は日本人だ。母は日露《にちろ》のハーフで、父は純粋な日本人なので、真治はクウォーターということになる。四分の一ロシア人である真治の顔立ちは日本人そのものの骨格だったけれど、隔世遺伝《かくせいいでん》で祖父の血がかなり色濃く出たらしく、色彩《しきさい》が少し違っていた。産まれたばかりの頃は、瞳は紫で髪は淡い飴色《あめいろ》だった。祖父は生まれたばかりの真治を見て、「天使だ！」と喜んだという。

祖父は初孫の真治をとても可愛がってくれた。神様の周りを取り巻く天使を描いた宗教画を指差して、お前はこの子にそっくりだねと微笑《ほほえ》んだその優しい顔をよく覚えている。

祖父の部屋はそこら中真治の写真で埋め尽《つ》くされていた。祖父は真治が小学校二年生のときに亡くなってしまったが、優しかった祖父との思い出はいまだに鮮明だ。

成長するにつれ真治の髪は少しずつ黒くなり、瞳の色は微妙に変化し、青味がかった暗い灰色になっていった。祖父が喜んだ「天使」の外見ではなくなってしまったけれど、その瞳は今でも光の加減で紫に見える。肌は抜けるように白く、そして極端に日に弱かった。少し焼けただけで真っ赤になってしまうので、夏場は日焼け止めが手放せないのが面倒《めんどう》だ。母に貰《もら》った甘い香りのものを使い続けていたために、友達には女子みたいな匂いがするとよくからかわれたものだった。生来《せいらい》の気質で少年期のコンプレックスなどに無縁だった真治は、そんな言葉を気にすることはなかったけれど。というよりも、あまり深く物事を考えない性質《たち》だったのだろう。日焼け止めは惰性《だせい》で今でも甘い香りのするものを使い続けている。

生まれ持ったその見た目のために、通りすがりの他人から色々言われることはよくあったし、またかと思う程度で、賞賛《しょうさん》にしろ軽蔑《けいべつ》にしろ、特別真治の心を動かすことはない。ただ、髪の色が暗くなってきたのは真治にとって嬉しいことである。子供の髪を脱色するなんてと、どういうわけか母が非難を受けることがあったからだ。目の色を見ればわかりそうなものなのに、そちらもカラーコンタクトだと思われていたのだろうか。顔立ちが日本人であるばかりに、学校でも教師に疑われることはあった。

それでも自分は恵まれていた、と真治は思う。見た目の違う子供は同年代の子供らから村八分《むらはちぶ》にされる。けれど真治にそんな経験はなかった。周りは皆優しく接してくれていたと思う。真治はよく祖父の言っていたように、天使のような子だと言われた。明るくて、人を疑うことのない、天真爛漫《てんしんらんまん》な子だと。それがどうしてこんな嫌《いや》な性格になってしまったのだろうか。道ばたに捨てられたコンビニ弁当が腐《くさ》って嫌な臭いを発していた。まとわりついてきたコバエを振り払い、真治は首を横に振った。気分が悪いときには、濁《にご》った臭いばかりが鼻を突く。

（人は簡単に変わる）

駅から徒歩十分ほどのアパートへ到着すると、真治はようやく人心地《ひとごこち》着いたようにため息を落とす。エントランスに入ってすぐの郵便ポストの中からいくつかの封筒やハガキを取り出し、まっすぐに二階の角部屋へと向かう。

この四階建てのアパートは比較的最近建てられて立地条件も悪くないにも拘《かかわ》らず、1DKにしてはかなりお得な物件だった。慣れない一人暮らしを始めてたったの数ヶ月だけれど、真治の部屋は整然としていて、床には髪の毛は疎《おろ》か僅《わず》かな塵《ちり》すらない。越してきたときそのままのような清潔さを保っていて、一度も汚れたことはなかった。ろくに外に出ず掃除ばかりしているので当たり前かもしれない。

ソファにショルダーバッグを放り、指紋ひとつついていない小さなガラスのテーブルに封筒を置くと、ふと、そのひとつに違和感を覚えて手を伸ばす。何の変哲もない真っ白な封筒だけれど、宛名も差出人も書いていない。指で感触を確かめると、中に入っているのは手紙ではないようだ。恐らく、写真の類《たぐ》いだろう。

――写真？

真治の背筋《せすじ》に突如《とつじょ》冷たい悪寒《おかん》が走る。まだ中身も見ていないというのに、真治にはそこに何が写っているのか、わかるような気がするのだ。

――開けるな。開けるな。そのまま捨てろ。燃やせ。

内なる声は必死でそう喚《わめ》き立てる。しかし、真治の手はその意思に反するように、細かく震えながら封を切ってしまう。

――いやだ。いやだ。いやだ。見たくない。

頭の中で嵐のように拒絶の悲鳴が荒れ狂う。警報の赤いランプが稲妻《いなずま》のように目の奥で明滅《めいめつ》する。

氷のように冷たくなった指で写真を引き出そうとした、その瞬間。

唐突《とうとつ》に、携帯が鳴った。真治は驚いて封筒を床に落とした。いつもはマナーモードにしてあるのに、今日に限ってアラームを使ってから切り替え忘れていたのか。

（ああ、違う。そうだ、今日はこれから塚越《つかこし》と約束があるから）

アラーム以外ではほとんど使うことのない携帯の音をオンのままにしていたのは、友人からの連絡を逃《のが》してはいけないと思ったからだ。真治は慌《あわ》ててバッグの中から携帯を取り出し名前を確認する。やはり友人の塚越祐紀《ゆうき》だった。今唯一《ゆいいつ》付き合いのある、高校時代のクラスメイトであり、親友だった男である。この携帯も塚越に買ってもらったものだ。あまり身の回りのものに頓着しない真治が古ぼけた機種を使い続けていたら、勝手に買って寄越《よこ》してくれた。資産家の三男である塚越は親から使い切れないほどの小遣《こづか》いを貰っているらしく、普段から真治によくものを買い与えてくれた。真治もそれに慣れてしまって、この携帯も喜んで貰ってしまった。通話料まで支払ってくれていることに気づいて慌てたけれど、今に至るまで塚越はそれを払わせてくれようとしない。

「もしもし」

『おう、真治。どした、なんか声変だぞ』

聞き慣れた友人の低い声にやや安堵《あんど》しながらも、何気なく床に落ちた封筒に目をやって、真治は凍《こお》りついた。

中身の写真が飛び出し、磨《みが》き抜かれたフローリングの上に散らばっている。つぶさに見てはいけないとわかっているのに、視線が勝手に吸い寄せられる。

『おい、真治、どうした？　おい』

無言になった真治に、やや焦《あせ》りを帯《お》びた塚越の声が呼びかける。真治の耳にはその声は届かなかった。ただ蘇《よみがえ》るのは、あの穏《おだ》やかな三月の生温《なまぬる》い空気、冷たいシーツの感触、獣《けもの》の湿《しめ》った吐息《といき》、火照《ほて》る肌、粘着テープに縛《いまし》められた手首の痛み、そして――

真治は携帯を落とし、トイレに駆け込んだ。全身を痙攣《けいれん》させて、込み上げたものを吐《は》き出した。醜《みにく》い己の声を聞きながら、真治は泣いた。下腹部が熱かった。目に焼き付いて離れないあの写真。画面一杯の白すぎる肌。そこへかかる夥《おびただ》しい粘液。ぐちゃぐちゃになった服。

（どうして、今更――――）

忘れるなとでも言うつもりなのか。まだ俺はお前を狙っているぞと脅迫《きょうはく》しているのか。ああ、きっとそうなのだろう。宛名も差出人もない。そいつは、直接真治の部屋のポストへそれを投函していったのだ。

「いやだ、もう、いやだ」

幼子《おさなご》のようにヒイヒイと泣きながら嘔吐《おうと》を繰り返す。吐くものがなくなっても胃の痙攣が止まらない。真治は顔を歪《ゆが》めて嗚咽《おえつ》した。紫の瞳からは乾くことなく、後から後から涙の雫《しずく》が零《こぼ》れていく。

遠くで携帯の呼び出し音が鳴っているけれど、真治は出ることができない。恐らく、今日自分がこの部屋を出ることはない。いや、今日だけではなく、もう一生。

胃液まで絞《しぼ》り出し、真治の激しい動揺はようやく収まった。しかし、今度は極度の緊張のためか、何も考えられなくなり、急激な眠気が襲ってくる。トイレから這《は》い出て、足をもつれさせながらソファに倒れた。

なぜかふいに、先ほどすれ違った女子高生たちの剝《む》き出しの脚が頭に浮かんだ。あの肉感的な少女たちの肉体にも、体臭にも、自分は何も感じることはなかった。

(もう、俺は普通の男じゃないんだな)

高校生活最後の去年の夏、彼女はいた。セックスもした。けれど、それは一度だけだった。確か彼女の急な引っ越しですぐに別れなければならなかったのだ。それ以降は縁《えん》がない。

もう普通の男女のことしか知らなかったあの頃には戻れない。家族に、友人に愛されて、楽しく平和な日常を送っていたあの日々は遠くなってしまった。自分はどうしようもなく汚《けが》らわしい、異常な、変態なのだ。そんなことは、あのときまでは知らなかった。誰かもわからない男にレイプされて何度も射精してしまった、あの日までは。

＊＊＊

私立鳳華院《ほうかいん》高校の朝は、交通渋滞から始まる。幼稚園から大学までの一貫校《いっかんこう》であり、かつて皇族や華族の通っていた名門校であるこの学校には、現在でもやんごとなき血筋の名《めい》家《か》の出であったり、資産家の子女である生徒が多く、高級な自家用車で通学する者が多いからだ。

そんな中、高校から編入した真治は普通に電車通学していた。一般的なサラリーマン家庭に育った一人っ子の真治は、近しい者がこの高校に通っていたわけでもなく、もちろんコネなどがあるはずもなく、普通ならば縁もゆかりもない場所である。しかし鳳華院高校という名前の持つハイソなイメージや、高校から入るためにはかなり難関校の部類に入ることから、一般家庭の中学生でも鳳華院を目指して受験勉強に励《はげ》む者は多かった。

けれど受かることを目標としている多くの子供たちやその親は知らないのだ。私立のエスカレーター式の学校には、すでに幼稚園の頃から構築されてきた厳然《げんぜん》たるヒエラルキーが存在することを。高校から編入してきた新参者《しんざんもの》はその最下層に自動的に配置されることになるのだということを。それは、実際入学してからその身を以《もっ》て知ることになるのである。

大概《たいがい》の生徒たちは自然と編入組と古参のグループに分かれている。そしてエスカレーターで上がってきたグループの中でも、中学校から入ってきた者よりも小学校、小学校からの編入よりも幼稚園から、という具合に、小さい頃から通っているほどステータスが高い。それはつまり、家の財力などを示すバロメーターでもあるからだ。ここへ食い込んで存在感を示すには、勉強でもスポーツでも、何かずば抜けたものがなければいけない。

真治自身は、意図せずそれを持っていた。

「真治ー、はよーっす」

二学期もあと数日を残すところとなった、寒い十二月の朝。ベージュのマフラーに顔を埋《うず》めて、いつも通り徒歩で駅から歩いてきた真治に、丁度《ちょうど》黒塗《くろぬ》りのベントレーを降りたばかりの塚越が明るく声をかけてきた。立ち止まって振り向けば、同じ制服を着た生徒たちの中でひときわ目立つ長身の男が白い息を吐きながら満面の笑みで真治に手を振っている。

塚越は立っているだけで人目を引く存在感があった。顔立ちは涼《すず》しげに整っているし、何よりがっしりとした体格と一八〇を超える背丈《せたけ》は群衆の中にいても目立っている。皆同じものを着ているはずなのに、塚越の制服のブレザーはまるで特別に誂《あつら》えたように最高級のものに見えた。

小学校からやっているというテニスのためか肌は常に浅黒く、やや長めの栗色《くりいろ》の髪にはゆるくパーマがかかっている。パッと見、どこかのホストクラブにでもいそうな容姿《ようし》にも見えるけれど、綺麗《きれい》に並んだ真っ白な歯や上品な所作《しょさ》が、塚越の育ちのよさや品格を表していて、身につけている上等なコートやマフラーも、年齢的に不相応《ふそうおう》で浮いてしまいそうなのに、しっくりと馴染《なじ》んでいる。嫌みではなく、しかし一目瞭然《いちもくりょうぜん》であるその上質さが、そこらにいる遊んでいそうな男子高校生とは一線を画《かく》していた。

「おはよう、塚越」

「真治、あのさ、今度のテニス部の試合見に来いよ。南高で親善試合すんだ。お前が来ると、俺が有利になるからさ」

「え、試合？　テニスって、こんな寒くても試合すんの」

「そりゃそうだろ！　冬でも半袖短《はんそで》パンだぜ。キッツイけど、まあ仕方ないし。なあ、来れる？　俺、お前に来て欲しい」

「いつ？　バイトない日なら行くよ。でも、何で有利になるんだ？」

「試合相手とかギャラリーが皆お前に注目して、注意力散漫《さんまん》になるからな」

どういう作戦だよそれ、と笑みを零しながら、わしゃわしゃと頭を撫でてくる塚越の大きな手を払おうとして、逆に手首を摑《つか》まれる。駅から数分歩いて寒さにかじかんだ真治の肌と、暖房の効いた高級車で登校した温かな塚越の指。真治はふと、塚越のその手を、冷えた頰に押し付けたい衝動に駆られた。氷のように冷たくて痛いほどの肌を、この乾いた大きな手で温めたかった。

「いいなあ」

「あ？　何がだよ」

「お前の手、ホッカイロみたい」

「もっと他に言い方ねえのかよう」

塚越は笑っていたが、その目には少しばかり暗い影が落ちている。三年生になってから、塚越は度々こういう表情を見せるようになった。間近に塚越の爽《さわ》やかな香水の匂いを嗅《か》い

で、こんな風に毎朝じゃれ合って登校するのも、あとほんの数ヶ月のことなのか、と思うと、真治の胸にもにわかに寂しさが込み上げてくる。

「なあ、マジでさ、考え直す気ねぇの。このまま楽しく同じメンツで大学まで上がればいーじゃんか」

「うん。俺もそうしたかったんだけど、ほら、うち色々あったし。それに大学が分かれたって普通に会えるじゃん」

「そうなんだけどさあ」

俺、寂しいよ、と塚越は子供のように唇を尖《とが》らせる。見た目は大人びた男らしい顔立ちをしているのに、言動が少しわがままで幼いのが可愛いと真治は思う。

鳳華院高校に入ってから三年間同じクラスで、最も仲のいい親友と呼べる友人が、この塚越祐紀だった。塚越と言えば誰もが連想するのが日本有数の資産家である塚越グループだ。関連会社は建築、工業、電気、銀行などと膨大《ぼうだい》な数に上る。一般に最も知名度が高いのは塚越銀行だろう。真治の友人である塚越祐紀はその一族に名を連ね、祖父が現在の会長で、父がその後を継ぐという、いわゆる本物の御曹司《おんぞうし》というやつだった。塚越自身は三男であり、兄が二人いるので後継ぎ候補ではないものの、成績もよく、小学生の頃から遊びのように嗜《たしな》んでいる株はかなりのもので、親族の間では切れ者として将来有望視されているらしい。

一般的な中流家庭に育った真治が普通の高校に進んでいれば、決して交わることのなかった、住む世界の違う存在だ。実際、友人として付き合い始めてから、金銭感覚や生活の常識など、自分のものとはあまりにもかけ離れていて、戸惑《とまど》うことも多かった。けれど今では、すっかりそれに慣れてしまっている。こんなにも育った環境が違うのにも拘らず、不思議なほど塚越とは馬が合った。

元々真治は人に天真爛漫と言われる性格で、誰とでも仲よく付き合うことができた。けれど塚越は他の誰とも違う。まるで恋人のように徹底的に優しく甘やかしてくれるからだろうか。時にお坊ちゃんらしい気ままなことを言って甘えてくることもあるけれど、真治は塚越のそんなところも好きだった。思えば、真治はこれまで甘えてきたことはあっても、甘えられたことというのはあまりないかもしれない。しかも、自分よりも体の大きな同級生にちょっとしたわがままを言われたりねだられたりするなんてことは、初めての経験だった。そのことが、なんだかとても心地いいのだ。塚越と一緒にいると、まるで毛並みのいい大型犬にすり寄られているような、温かな感覚があった。

「おい、真治」

「えっ、うわ、なに」

急に腕を引き寄せられて、真治は勢い余って塚越の分厚い胸に鼻先をぶつける。

「そこ、水たまり凍ってる。昨夜《ゆうべ》雨降ったからな。滑《すべ》ると危ない」

「ああ、そっか。ありがと」

鼻を擦《こす》っていると、塚越はすぐに気づいて、少し気遣《きづか》うような表情になる。

「鼻、ぶつけた？」

「ごめん、ちょっと」

「鼻水つけんなよ」

「つけてないよ！」

塚越は周囲にかしずかれて育ったお坊ちゃんのはずなのに、少しぼんやりとした性格の真治よりもよほど気が利《き》いていた。細かいことによく気がつき、先回りしてすべてを片付け、真治は塚越と一緒にいると自分の手足がなくなってしまうのではないかと思うほど、至《いた》れり尽《つ》くせりの待遇《たいぐう》をされる。

仲良くなってきた頃、朝唐突に家の前に黒光りする外国車が停まったことがあった。前の日の体育の授業で少し左足首をひねった真治を、電車通学では辛《つら》かろうと、これからは一緒に車に乗せていってやるという塚越の気遣いだった。せっかくわざわざ来てくれたので、真治もしばらくはその好意に甘えていたものの、一般的な住宅街の狭い道に毎朝大きな車を寄越されるのも心苦しくなり、脚の痛みが引いた頃には、自分の脚で歩きたいからと断りを入れた。

こんなとき、普通の甘やかされたお坊ちゃんだったら、好意を無下《むげ》にされて怒るかもしれない。けれど、塚越は違った。真治が嫌と言えばすぐに引いてくれたし、申し出を断ったりしても機嫌《きげん》を損ねることはなかった。それは一般的なことなのかもしれないが、この学校においては普通の感覚は通用しない。特に、幼い頃から鳳華院に籍を置き、一般的な家庭の子供と交わることをしてこなかった温室育ちの子息《しそく》たちは、彼ら独自のルールが全ての者に通用すると信じて疑わなかった。だからある意味、塚越のように幼稚園からこの学校の中で育っているにも拘らず、相手に合わせて柔軟に対応できる生徒というのは、ここでは変わり者の部類に入るのかもしれない。

「塚越、佐藤、おはよ」

「おはよー」

教室に二人揃《そろ》って入ると、方々《ほうぼう》から声がかかる。少し遅めの時間だったために教室はほぼクラス全員揃っている状態だ。こうして見ていると、誰が下から上がってきた古参で、誰が高校から編入した新参者なのかがよくわかる。入学当初よりは曖昧《あいまい》になっているものの、やはり最初に決まっているヒエラルキーの図式はほとんど変化していない。

「なあなあ祐紀、お前もう四組の綾瀬《あやせ》と別れたの」

クラスメイトの厚木《あつぎ》がニヤニヤしながら塚越を上目遣《うわめづか》いに見つめていた。せり出した額《ひたい》が脂《あぶら》でてらてらと光り、細い目はいつも何かを探している小動物のように忙《せわ》しなく動いている。厚木は高校から編入した生徒だが、長いものに巻かれるという言葉そのままの性格で、どこへ行っても要領よくやっていけるタイプだ。クラスの中でも上の方の順位は度々入れ替わるが、今の権力者が誰なのかというのは、厚木を見ればわかると言われるほどだった。けれどトップはいつでも塚越だ。それだけは変わらない。

「お前、それどっから聞いたの」

「二組のやつ。今矢野《やの》と付き合ってるって聞いたからさ。まさか二股《ふたまた》じゃないだろ？　っていうか、お前もよく飽《あ》きないよなあ、祐紀」

古い付き合いの友人しか塚越の名前を呼ばない中、厚木はいつの間にか平気で祐紀と呼んでいて、呼ばれる度に塚越は嫌そうな顔をする。けれどそれにもいつの間にか慣れてしまったようで、訂正させる気もなくなったらしい。

「別にどうだっていいだろうが。いちいちうるせえよ」

塚越は厚木を追い払うように大きな音を立てて自分の席の椅子《いす》を引く。邪険《じゃけん》にされても厚木はヘラヘラと笑ってばかりで、一向《いっこう》にへこんだ様子はない。金魚のフンと厚木を嫌う者も多いけれど、真治はその逞《たくま》しさを尊敬していた。

真治は塚越の後ろの自分の席に鞄《かばん》を下ろし、マフラーとコートを脱いだ。三年間のクラスもそうだけれど、なぜか真治は塚越とこうして近い席になってばかりいる。不思議な縁もあるものだと目の前の塚越を眺《なが》めていると、ふいにばつの悪そうな顔で肩を竦《すく》められた。

「そういう目で見ないでくれる？　なんか、自分がすげえ汚くなった気分」

「え。俺、普通に見てるだけじゃん」

「だから、そういうのが辛いの。もっとからかったり罵《ののし》ったりしてくれよ」

「だって、塚越の彼女が聞く度違うのっていつものことだろ」

塚越はモテた。こんな漫画のヒーローみたいにモテる人間が実在するのかと思うほどモテた。付き合っていても長くて一ヶ月。短ければたったの一日で別れてしまうので、日替わり弁当じゃねーんだからと周囲にからかわれていたりする。彼女がいなかった時期を見たことがないので、誰かと別れることとまた別の誰かと付き合うことはイコールか、もしくは重なっているのだろう。もはや塚越に関しては、一日だけでも付き合えればいい記念になるとでも思われているのか、そんな風にとっかえひっかえしていても誰も文句は言わない。日常風景の一部になってしまっている。

「いつもっていうかさ。今回は、向こうがヒス起こして俺もうんざりしてたっつーか」

「別に俺に言い訳なんかしなくたっていいよ。どうしたの」

「ああ、いや。だって、あの野郎がお前の前であんなこと言うから」

「大丈夫だよ、そういうの知ってるから。なんだよ、変に気にするなよ」

どうも塚越は真治のことを相当ピュアだとでも思っているようで、色恋の話を真治の前でするのを極端《きょくたん》に避《さ》けていた。今朝のように真治が隣《となり》にいるときに厚木によって自分の行状を暴露《ばくろ》されてしまうと、変に狼狽《うろた》えている。真治は本当に何とも思っていないのに、なぜか言い訳をする。

（別に俺、そんなにキヨラカってわけじゃないんだけどな）

塚越がそんな調子なので、夏に彼女がいたことも、真治はとうとう塚越には話せずじまいだった。長く付き合う前に向こうが引っ越してしまったので、今更そのことを話すのもおかしい気がして、口に出せずに冬が来た。結局塚越は真治がまだ一度も付き合ったことがないと思い込んでいるのかもしれない。

それにしても、他の友人とはそういう話がいくらでもできるのに、自分相手ではまるで話さなくなるのも妙《みょう》な気がした。日がな一日そんな話で盛り上がっていてもおかしくない年頃である。自分はそれほど潔癖《けっぺき》に見えるのだろうかと真治は不思議に思った。

ふと、真治はここに入学してすぐに塚越と仲良くなり始めた頃、塚越と敵対していたらしい派閥《はばつ》のリーダーから聞かされたことを思い出す。太田川《おおたがわ》グループという、塚越グループに匹敵するほどの規模《きぼ》の連合であり、共に百年以上の歴史を持つ財閥であったことから、今でも様々な事業においてライバル関係にあるらしい。その子息たちが同じ高校にいるのだから、学校のほとんどの生徒が、太田川派か塚越派に分かれているということも、真治はクラスメイトから聞いていた。

「あいつ、お前のこと神聖視《しんせいし》してんだよ」

放課後、バイトへ向かおうとしていたところを太田川の一派に囲まれて、なんだかよくわからない内に話を聞く羽目《はめ》になっていた。太田川は眼鏡をかけて長い前髪を額に張り付けた神経質そうな目をした男だった。

「死んじまった母親に似てるっぽいぜ。佐藤ってさ、確かクウォーターなんだろ？　あいつの母親もそうだったんだってさ。すげえ似てるらしいぜ。お前って女にゃ見えないけど、人形みてえな顔してるもんな。マイセンみたいな肌してよ」

「俺、写真で見たことある。確かに似てるよ。顔だけじゃなくて、雰囲気とかさ」

「きめえよな。マザコンだぜ、あいつ。いっつも小指に指輪してるだろ。あれ、死んだ母親の形見《かたみ》なんだってよ」

「しかもあれだ、その母親ってさ、あいつの親父の妹なんだろ。母親が違うから、親父の方は純粋な日本人らしいけど。兄妹の間にできた子なんだぜ、塚越って」

「その話有名だよな。そんとき父親は普通に結婚してて、あいつ兄ちゃん二人いたのにさ。不倫《ふりん》の上に、近親相姦《きんしんそうかん》だよ。だからあいつの戸籍上の母親って、あいつのことすげえ嫌ってるらしいぜ」

「それは塚越の方だって同じだろ。実の母親、自殺だもんな。当然とはいえさ、本妻《ほんさい》に散々《さんざん》いじめられたらしいじゃん。ま、女からしてみたらさ、自分の旦那《だんな》が、その妹とデキてたただなんてサイアクだし、こんな昼ドラも真っ青な修羅場《しゅらば》、殺されてたって不思議じゃないもんな」

そんな嘘か本当かわからないゴシップを矢継《やつ》ぎ早《ばや》に聞かされても、真治にはそれがどれほど醜悪《しゅうあく》なことなのかというのは、よくわからなかった。自分にとって、友人の親がどうだとか、近親相姦がどうだとかいうことはまるで関係ない。そんなことを嬉々《きき》として教えてくる彼らの方がどうかしていると思った。

どうやら塚越が編入してきた生徒と仲良くなるのは相当珍しかったことのようで、太田川派の面々は、その『お気に入り』である真治をこちら側へ引き込もうとしていたようだ。

「お前、あいつらに変なこと聞かされただろ」

翌日、教室で会った塚越の顔は暗かった。昨日の放課後のことを誰かに教えられたのだろう。その面持《おもも》ちは絶望と言ってもいいくらい沈んでいた。真治の顔を窺《うかが》う目は叱《しか》られるのを恐れている従順な犬のようだった。

「なんか色々言ってたけど、よくわかんなかった。お前は何も気にするなよ」

そう言って笑いかけたときの塚越の表情の変化を、真治はいまだによく覚えている。いつも自信に溢《あふ》れて、皆のリーダーで、高校生とは思えないほどの貫禄《かんろく》を備《そな》えているこの友人が、自分のたった一言《ひとこと》で、あっという間に目に涙を溜《た》めて、頬を紅潮《こうちょう》させ、まるで神様にでも救われたかのような感激を表したのだ。

(そんなに、怖かったのか。塚越)

たかが友人一人の反応なんて、どうでもいいはずなのに。何でも持っている塚越が、自分なんかの態度に一喜一憂《いっきいちゆう》する必要なんか、ないはずなのに。それなのに、ここまで塚越が自分の言葉に安堵《あんど》するということは、そのくらい自分の存在がこの友人の中で大きいということなのだろうか。

垣間《かいま》見《み》えた塚越の繊細《せんさい》さに、真治は胸が熱くなった。逞しい体格の友人が、頼りないように見えて、抱きしめてあげたいような気持ちが沸《わ》き起こった。塚越が自分を神聖視しているというのは本当のことかもしれない、とふと思った。

「あいつら、お前のこと自分らのグループに入れたいんだよ」

「え、なんで？」

「お前が目立つから」

この学校で最も目立つ男にそんなことを言われて、真治はぽかんとした。

「綺麗すぎるんだよ、真治は」

友人が真面目な顔をしておかしな言葉を口にするので、真治は思わず笑ってしまった。そのときは、綺麗だからといってどうしてグループに入れたいのか、と滑稽《こっけい》な気がしたけれど、あらゆる面で対立していたこの二つの派閥は、少しでも何かに秀《ひい》でた人間を引き入れて、優位に立とうとしていたらしい。

そんな勢力争いの構図は、三年生になった今でも、真治にはよくわからない。あの後も度々太田川側にちょっかいを出されることはあったけれど、真治があまりにも何も反応を示さないので、その内に諦《あきら》めてターゲットを他へ移したようだった。

「あーあ。お前のいない大学なんて、つまんねえなあ」

まだぶつくさと文句を言っている塚越に、真治は苦笑する。

「そんなことないだろ。塚越、たくさん友達いるじゃんか」

「皆同じで上品ぶっててつまんねえよ。悪いの気取ってるやつはめんどくせえし。あーあ。真治、センター落ちればこっちに戻ってくるだろ」

「不吉《ふきつ》なこと言うなって！　もうすぐなんだから。今、最後の追い込みやってんだよ」

憤慨《ふんがい》する真治に、ごめんごめんと笑いながら、それでも塚越はこう呟《つぶや》いた。

「ほんと、落ちて欲しいって思うくらいには、お前と離れるのやなんだよ、俺は」

そう言った塚越の表情には、いつまでも消えない寂《さび》しさが揺蕩《たゆた》っている。塚越のこういう顔を見ると、真治は辛くなる。その頭を胸に抱いて、そんな顔をするなと叫びたくなる。

多くの友人に囲まれているはずの塚越が、時折《ときおり》一人ぼっちでいるような、寂しげな、悲しそうな表情をする度に、真治はどうしようもないような庇護欲《ひごよく》に囚《とら》われるのだ。あのゴシップ的な家の事情を聞かされてから、塚越は度々そういう顔を真治に見せるようになった。真治はいつの間にか、放っておけない、離れられない、という気持ちをこの友人に対して抱くようになっている。「お前ら付き合ってんのか」なんてからかわれるくらいに、まるで雛《ひな》と親鳥のようにいつでも行動を共にしていた。塚越は真治を思い切り甘やかしながら、思い切り甘えていた。真治もまた、それを心地いいと思うほど、依存《いぞん》し合っている関係があった。けれど、進学の件に関しては、真治も譲《ゆず》ることができなかった。どうしようもない事情があったのだ。

真治が国立大学を目指《めざ》そうと決心したのは三年に上がったばかりの頃、父親が倒れたからだ。元々高血圧気味だったが、心臓もかなり悪かったことを知ったのはそのときが初めてだった。一ヶ月も経たない内にすぐに会社に復帰はしたが、今までのように働くことはできない。真治は父がまた働き過ぎで倒れてしまうのではないかと不安になり、なるべく負担《ふたん》をかけないようにと、自《みずか》ら国立大学を目指すことを決めた。

それを聞いた当初、塚越は学費が払えないならうちが出すとまで言い出し、真治は仰《ぎょう》天《てん》して、ほとんど喧嘩になりそうになったこともある。天下の塚越グループの御曹司ならば、一学生の学費などまるで問題にもならない金額だろう。けれど、いくらこの金持ち学校の常識に慣れ、塚越のやや過剰《かじょう》なサービスに慣れ切った真治でも、そんなに大きな金額を友人に用意させるわけにはいかなかった。

今ではさすがにもう諦めてくれているものの、時折こうして未練を口にすることはやめられないようである。真治もこの学校生活は楽しかったし、いつも一緒にいた親友と別れることは辛かった。けれど、状況は変わってしまったのだ。そのことをいまだに理解してくれない友人が、少し歯がゆく、自身も離れがたいがために、悲しかった。

(だけど、俺は一刻も早く独《ひと》り立ちしたい。少しでも早く、自分の足で立つ手段を、経験を手に入れたいんだ)

一人っ子で父と母に溺愛《できあい》されて育った真治は、親を失うかもしれないという初めて味わった大きな恐怖を、どうしても忘れることができなかった。今までもバイトは週に二日程度はしていたけれど、それを四日ほどに増やし、自分の出費は自分でまかなえるように努力した。そして、これ以上親に負担をかけまいと国立大学を目指した。親は大学には必ず行って欲しいと言っているので、万が一落ちてしまったら、予備校には通わず、毎日バイトをしながら、次の受験のために自分で勉強を続けるつもりだった。両親は、お前の大学までの資金はきちんとあるのだから、そんな風に余計な苦労などしなくてもいいと言うけれど、真治はそうせずにはいられなかったのである。

「あーあ。もう少しで冬休みかあ」

間延《まの》びした塚越の声に、真治はしくしくと腹の奥が痛むような気持ちがした。エスカレーターでこのまま大学へ上がる大半の友人たちは、受験戦争とは無縁な安穏《あんのん》とした学校生活を送っている。そんな環境で一人勉強に没頭《ぼっとう》することは正直かなり厳しいものがあった。冬休みも、学校が休みだからといって浮かれてはいられない。むしろ勉強に集中する最後のチャンスなのだ。

（やるだけやって、あとは運だ。信じていれば、きっと大丈夫）

　真治は常に前向きだった。後ろ向きに物事を考えることの方が苦手かもしれなかった。これと目標を決めたら後は突き進むだけという性格の真治は、いざというときの勝負強さも発揮《はっき》した。まっすぐなものの考え方をするので、迷いや疑いなどとも無縁の思考回路であることも、その勝負強さを裏打ちしていた。塚越もそれを知っていたから、試験が近くなるにつれ、始終憂鬱《ゆううつ》な顔をしていたのかもしれない。親友が志望校に受かるだろうということは、彼にも多分わかっていたのだから。

　周囲も本人も信じた通り、真治は合格を勝ち取った。塚越は正直に残念そうな顔をしたが、それでもおめでとうと言ってくれた。

（本当によかった……これできっと父さんも安心してくれる）

　合格発表のあった週の土曜日、真治はいつも通りバイトに勤《いそ》しんでいた。カラオケチェーン店『ビッグ・パーク』渋谷支店は週末ともなれば早い時間からかなり混んでいて、真治も忙しく働いていたけれど、心は軽かった。それまでの重圧感から、ようやく解放されたのだから。

　しかしそんなときに限って、真治が最も苦手な常連客がやって来た。

「おう、真治。お前、国立受かったんだってなあ！」

どこでそれを知ったのかと一瞬訝《いぶか》ったが、男は他のバイトと懇意《こんい》にしているので誰かから聞き出したのだろう。

男の名前は『天野啓《あまのけい》』。年齢も職業もわからないけれど、そう歳は離れていないように見える。白に近い金髪を後ろに撫《な》で付けて、ゴテゴテとしたゴールドのネックレスやブレスレットをつけ、派手なスカジャンにデニムという出《い》で立ちなので、普通のサラリーマンとは思われない。名簿に書かれる名前は偽名《ぎめい》であることも多々あるので、天野というのが本名だか真治にはわからなかったけれど、いつも引き連れている取り巻きは「天野さん」と呼んでいるので、少なくとも周知の名前ではあるらしい。

天野は大抵《たいてい》週末の夜に数人の舎弟《しゃてい》を連れてやって来て、朝まで酒を飲んで大騒ぎする。出会った当初からやたらと真治に絡《から》んできて、真治が鳳華院高校の生徒だと知ると、自分はOBだと言って更に無体《むたい》なことを要求するようになった。それは本来なら女性に対してするようなセクハラで、大抵のことは気にしない真治も、天野という客に対してだけはかなりのストレスを感じざるを得なかった。

同僚も絡まれる真治を見かねて店舗変えてもらえば、と言ってくれるけれど、渋谷店は今でも猫の手も借りたいほどの忙しさで、自分が他へ行けば状況が更に悪くなることはわかっていた。そんな中で、皆の負担を増やすわけにはいかないと思ったし、天野という人物も、困った人ではあるけれど、どこか憎めない気もしていて、自分がそのセクハラをやり過ごせば済むことと思っていたのだ。

けれど真治が最も苦手なのは、天野そのものというよりも、いつも天野の側《そば》についている取り巻きの一人だった。年齢は、恐らく自分と同じくらいだろう。天野には「山崎《やまざき》」と呼ばれていて、恐らくは子分のような存在である。真治と直接言葉は交わしたことはないけれど、いつも陰湿《いんしつ》な目つきで真治をじっと見ている。その視線は露骨に真治の頭の天辺《てっぺん》から足下《あしもと》まで何度も行き来し、まるで服を透《す》かして裸を見られているような気分になり、いてもたってもいられなくなってしまう。天野に関してはそう悪い人ではないと信じる気持ちがあるけれど、山崎という男に対しては、本能的な怯《おび》えを感じていた。誰にでも気を許してしまいがちな真治にとって、それは初めてのことかもしれなかった。

「お前、鳳華院通ってるくせに、外部の大学受けるなんてよぉ、あれだろ、金なかったんだろ」

「はあ、まあ、そんなところです」

「そうだよなぁ、あんな金持ちばっかの学校なのに、お前はこんなとこでバイトしてんだもんなあ。可哀想《かわいそう》になあ」

受付に長々と粘《ねば》り真治に絡んでいる天野を、他のスタッフは誰も制止できない。天野は渋谷店の店長と繋《つな》がりがあるらしく、何をやっても問題にされず許されてしまうからだ。

「金ならいくらでも出してやるからさぁ、いい加減、俺と遊ぼうぜ。合格祝いに、何だって買ってやるよ」

やけに近い距離に顔を寄せられ、まるで女性をかき口説《くど》くような調子で囁かれて、真治は恥ずかしさといたたまれなさで逃げ出したくなった。

「いいえ、そんな。お客様に、そんなことをして頂《いただ》くわけには」

それでも、困りきった声で弱々しく申し出を辞退すると、天野は更に顔を寄せてくる。

「いいじゃねぇか、遠慮すんなよぅ。な、今晩とか、どうだよ」

「今晩、何するんだって？」

突然、第三者の声に会話を遮《さえぎ》られて、天野の額に青筋が走る。真治はよく知ったその人物に驚いて、思わず声を上げた。

「塚越！　なんでここに」

「――塚越？」

その名前を聞いた途端に、天野は妙な反応をした。怖々《こわごわ》と振り返り、塚越の顔を見ると、ぽかんとして棒立ちになっている。塚越はまじまじと天野を見て、首を傾《かし》げた。

「あれ？　あんた、確か――」

「あっ、どうも、どうもお久しぶりっす！」

急に平身低頭《へいしんていとう》といった調子になった天野に、その場にいたスタッフも舎弟たちも呆気《あっけ》にとられていた。天野はその後すぐに這々《ほうほう》の体《てい》で店を出て行ってしまい、残された面々は、塚越を除いて皆狐《きつね》に摘《つ》まれたように呆然《ぼうぜん》としている。真治もわけがわからず、今目の前で何が起きたのか理解できずにいた。あんな風に慌てた天野の様子は初めて見たのだ。

「あの人、塚越の知り合いだったの」

「ああ、そうそう。うちの系列の、確か建築会社の社長の息子じゃなかったかな。時々パーティーとかで会うんだわ。あそこ三人兄妹で、さっきの奴、そこの次男坊だよ。歳の離れた妹がいてさ。猫っ可愛がりしてて、あんな顔してすげえシスコンなの」

なるほど、塚越グループ傘下《さんか》の関係者ならばあの態度も頷《うなず》ける。ようやく天野の正体が明確になったような気がして、真治は安堵した。得体《えたい》の知れない存在はやはり少し怖い。身元がはっきりとすれば不安も少しは薄らいだ。

「じゃあ、親の会社で働いてるの」

「どうだろ、違ったと思うぜ。なんか適当に小遣い稼《かせ》ぎでもして遊んでたと思ったけどな。会社はあいつの兄貴が継ぐんだろうからさ」

「そっか。――――そうだ。それで、なんで塚越はここにいるの？」

「俺？　偶然。って言いたいところだけど」

おーいと塚越が後ろに向かって呼びかけると、クラスメイトたちがぞろぞろと店内に入って来た。真治は驚いて目を丸くした。

「えっ⁉　み、皆どうしたの」

「真治、もうすぐシフト終わるだろ？」

「え、うん。そうだよ」

突然の展開にしどろもどろになっていると、塚越がくすぐったそうに笑いかけてきた。

「これからお前の合格祝いやろうと思ってさ。サプライズってやつ？」

すると、隣で働いていたバイト仲間たちに肩を叩かれる。

「佐藤君、おめでとう！」

「今夜は私たちからも色々差し入れサービスするからね！」

どうやら今日ここでサプライズパーティーをすることは前々から決められていたらしい。まさかこんなことを企画してくれているとは思わなかったので、真治は感激に涙ぐんだ。

「塚越、ありがとう。皆、ありがとう！」

その夜は気の置けない友人たちと、最高の夜を過ごした。皆で、食べて、飲んで、歌って、一晩中目一杯羽目を外して騒いだ。真治がこれまで生きてきた中で、いちばん色鮮やかな、いちばん輝いていた、宝石のようなひとときだった。皆と笑い合った。喜びが抑《おさ》え切れず、塚越に抱きついて、ありがとうと何度も言った。

「お前、本当に天使みたいな奴だな」

と、アルコールも入っていないのに酔っぱらったようなことを言う塚越の目は、なぜか涙に潤《うる》んでいた。真治は祖父のことを思い出した。

いつまでも続いていくような夜だった。朝方に、皆でクタクタになりながらも、充実した時間に体は弛緩《しかん》し切って、月曜日また学校で、と言って、最後まで下らない冗談なんかを言ってゲラゲラ笑いながら、手を振って別れた。

けれど、それが級友たちに会った最後の夜になった。月曜日、真治は学校に行けなかった。

レイプされたからだ。

＊＊＊

それはバイト帰りの深夜だった。地元の駅に着き、繁華街の暗い路地を歩いていたときのことだ。突然後ろから羽交《はが》い締めにされて、何かの薬を嗅がされて気を失った。次に意識が戻ったときには、目隠しをされ、ベッドらしきものの上に寝かされていた。手を頭上に拘束《こうそく》され、足は開いたままつっかえ棒のようなものに固定され閉じることができなかった。

心を守るための本能からか、真治にはレイプされたときの明確な記憶がない。それなのに、時折フラッシュバックして鮮明にその感覚が蘇ることがあった。

女のように乳首を吸われていた。肌を撫で回されて、舐《な》め回された。陰茎をしゃぶられ、擦《こす》り立てられ、何度も射精した。叫んでも喚いても、相手は無言だった。そして、あの最も忌《い》むべき場所――それまでは排泄《はいせつ》でしか使ったことのない部分に、信じられないほど太く長いものを捩《ね》じ込まれ、頭がどうにかなりそうなほど何度も何度も出し入れされた。

（大きかった）

体がまっ二つに引き裂かれるかと思った。そこから体中が捲《めく》り返り、死んでしまうかと思った。

それなのに、真治は快感を覚えていた。おかしな薬を嗅がされたせいだとはわかっている。それでも、信じられなかった。陰茎で感じる快感とはまるで別のものだった。女のように脚を開かれて思う様揺《ゆ》すぶられている自分の姿が、ふいに、一度きりだったセックスの、彼女のことを思い起こさせる。けれど、決定的な違いがあった。自分が下手だったせいだろうけれど、彼女はこんなに感じてはいなかった。自分は男なのに、女のように突っ込まれて、女よりもよがっている。その事実に、気が変になりそうだった。

（大きくて、太くて、長くて、口から出そうなほど奥まで入ってた）

苦しいのに、死にそうなほど気持ちがよかった。ずっと射精している気がした。あの大きさを思い出すと、今でも勝手に肌が熱くなって、体の奥が疼《うず》いてくる。気がつくと指が尻に伸びている。

（どうして、こんなところが気持ちいいんだ）

今まで数え切れないほど自分で尻を弄《いじ》った。指では物足りなくて、もっと太いものはないかとそこらに目を泳がせ、我に返って罪悪感と自己嫌悪に打ちのめされた。自分はゲイになってしまったのではないか。大学でその辺を歩いている男子学生を見ても、何も感じない。けれどその股間《こかん》についているもののことを想像すると、それに犯されることを妄想《もうそう》すると、甘い戦慄《せんりつ》が走った。誘惑《ゆうわく》に負けてネットでゲイセックスの映像も見た。男優の尻に太いものが出し入れされるのを見て、勃起《ぼっき》した。しかし、男の体つきや顔などには興奮しない。自分は男が好きになったのではなく、アナルセックスが好きになってしまったのだ。恐らく、相手が男でも女でも構わないのだろう。ただ、自分の尻を犯してくれれば、それでいいのだろう。

（変態だ）

涙が溢れて止まらなかった。床に散らばったままの肉色の写真が自分を見つめている。レイプされている最中に再び気を失った真治は、目を覚ますと家の近くの公園のベンチに寝かされていて、身の回りのものは何も奪われていなかった。体も綺麗に洗われていた。それからずっと、真治は部屋に引きこもった。また物陰からあの男が飛び出してきて、自分を連れ去り再びレイプするのではないかという恐怖があった。外に一歩脚を踏み出しただけで、血の気が下がり、倒れそうになってしまうので、実質的に無理だったとも言える。

高校の残りの授業にも卒業式にも、大学の入学式にも出られなかった。体が言うことを聞かなかったのだ。

一ヶ月近く部屋に閉じこもっていた真治を、両親は当然ひどく心配した。ある日突然こうなってしまったのだから、当たり前のことだろう。けれど、真実を話すわけにはいかなかったし、かといって親を安心させるために無理に出て行こうとするとすぐに倒れてしまって、却《かえ》って更に気を揉《も》ませてしまうために、やはり家から出ることができなかった。

「あいつは一体どうしたんだ」

「わからないわ。何も話してくれないの」

大学が始まっても外出できないでいる真治の状態について、父と母が夜遅くまで話し合っているのを偶然聞いたとき、このままではいけないと、今までになく強く思った。

(父さんの心労を増やさないために外の大学を受けたのに、俺は一体何をしているんだろう)

真治は一念発起《いちねんほっき》して、自分を奮《ふる》い立たせ、一人暮らしすることを決めた。やはり、自分はまだまだ親に甘えてしまっている。このままここにいては、きっと一生外に出ることなんかできない。そう感じたのだ。

心配する両親に、大丈夫だからと笑って見せて、必死で外に自ら繰《く》り出す姿を見せて、家を出ることを承諾《しょうだく》させた。それは実際甘くはない道のりだった。それでも真治は、人

の目に怯え、苦しみながらも、ようやく大学に通い始めることができたのだ。

引きこもっている最中、携帯の電源はずっと落としていて、何人も、何回も、電話やメールを無視した。そんな中で、たった一人、塚越だけがずっと真治を気にかけてくれていた。家を出た後も、両親に一人暮らしのアパートを聞いて、何度も足を運んでくれた。頑《かたく》なだった真治の心を時間をかけて解《ほぐ》し、ようやく大学で他の学生と多少のまともな会話もできそうな気がしていた、その矢先の、この写真だった。

自分はまだ狙われている。あの変質者は自分をつけ狙っている。そしてその正体は誰だかわからないのだ。今や疑いの目は自分以外の男全員に向いていた。

もう、誰も信用できない。してはいけない。

携帯は何度も何度も鳴って、ようやく止まった。インターフォンも何度か鳴って、無視していると静かになった。指先一つ動かす気がしなかった。豹変《ひょうへん》した自分を唯一気にかけてくれていた友人もこれで失うのだと思うと、一抹《いちまつ》の寂しさと、これでいいんだという安らかな気持ちとが交互に訪れた。

そうだ、携帯を変えよう。どうしてそれを今まで思いつかなかったのか。それで、塚越も察してくれるだろう。勘《かん》のいいやつだから、真治が本気で他人との接触を断《た》とうとしているのをわかってくれるだろう。もう、誰も疑いたくなかった。裏切られる絶望感を味わいたくなかった。そうだ、全て断ち切ってしまおう。そうすればこの嵐のように混乱した心も少しは穏やかになるはずだ。一人きりになれれば、誰かのことを思って複雑な気持ちを抱えることもなくなれば、きっと楽になれる。辛くない。苦しくない。今の自分が最も望んでいるのは、孤独なのだ。

（誰も要《い》らない）

自分の周りにいる人間全て。過去の友人も。大学で話しかけてくる顔見知りも。通り過ぎる誰も彼も。そう、塚越とも、完全にさようならだ。それで、自分の世界には、誰も立ち入らなくなる。

そう決意すると、急激な睡魔《すいま》が訪《おとず》れた。

「しんちゃんは、本当に天使みたいな子ねえ」

小さい頃からよくそんな風に言われていた。いい子。優しい子。可愛い子。どうしてそんな風に言われるのか、天使みたい、というのが一体どういう意味なのか、真治自身にはよくわからなかった。けれど、褒《ほ》められることは嬉しかった。皆が笑顔になるのは嬉しかった。ただ一方で、こう言われることもあった。少し頭が弱いんじゃないのか。感情が遅れているんじゃないのか。もう少し物事を考えた方がいい。疑った方がいい。しかしそんな風に言われた後で、その意味をよく把握《はあく》できなかった真治がにっこりと笑顔を浮かべると、呆《あき》れたような顔をしていた人たちは、ますます呆れ、結局は苦笑して、これは仕方がないねと矛先《ほこさき》を収めてしまうのだった。

真治は自分でも、感受性のセンサーがおかしな方向に傾《かたむ》いていることはおぼろげながらにわかっていた。悪意や憎しみといったことを感じる部分が、極端に鈍《にぶ》いのだ。反対に、好意や喜び、楽しさを感じる部分が、真治の心の大部分を占《し》めていた。

「お前って、嫌み通じねえのな」

厚木か誰かにそんなことを言われたことがあるけれど、それも自覚があった。いいことならば額面通りに、悪いことはあまり深刻に受け取らない性質《たち》で、これも頭が足りないと言われる原因のひとつなのだろうと思えた。

けれど全てを受け入れるというわけではない。右の頬をぶたれたら左の頬も差し出すなんてことはしない。嫌なことは嫌だと言うし、一度決めたことに対してはかなり頑固《がんこ》だ。

ただ、負《ふ》の感情を長く覚えていられないのである。一時そういった気持ちを抱いても、すぐに忘れてしまう。だから、恨《うら》みや憎しみというものを抱いた覚えがなかった。真治にとって嫌な感情というものは、ずっと持ち続けているには重過ぎるものなのだ。嫌いだ、怖い、苛々《いらいら》する、と思うと、なんだか胸の中がモヤモヤして、具合が悪くなってしまう。嫌なことは、忘れてしまうのがいちばん簡単だった。楽しいことだけを考えていたかったのだ。そういう気持ちを最初から覚えたくないがために、そもそも人に対して悪く考えることをしないのかもしれなかった。

そんな真治も、鳳華院高校では最初から平穏な日常ばかりを送れていたわけではない。まだ入学して間もない頃から、真治はとある男子生徒にどういうわけか目の敵《かたき》にされていた。

「なに、あの弁当。いかにもオカーサンの手作りって感じ」

昼休み、自分の机で弁当を広げていると、いかにも馬鹿にしたような聞こえよがしの声が聞こえた。続いて、それに追従《ついじゅう》するような小さな笑い声。妙な空気に、真治は顔を上げた。はす向かいの席に数人のクラスメイトと陣取《じんど》ってこちらを見ていたのは、神崎《かんざき》伊織《いおり》という生徒だった。確か、いつも塚越と一緒にいるメンバーの一人である。小柄で少しリスを思わせるような幼い顔をしている。黒い前髪を眉《まゆ》の下で綺麗に切り揃えているので、余計あどけない顔立ちに見えるのかもしれない。真面目で大人しそうな雰囲気で、いつも綺麗にアイロンをあてたハンカチを持ち歩いていたり、全ての教科書にカバーをかけていたりと、少し潔癖《けっぺき》な印象があった。

そういえば、塚越のいないときに話しかけられたのは初めてだったかもしれない。そう思って、真治は少し嬉しくなった。近い席の何人かと話はするけれど、積極的に関わろうとしてくれるのは塚越くらいで、その周りにいる生徒たちともあまり喋ったことがなかったからだ。

「そう、これ母さんの手作りなんだ。美味《おい》しいよ。食べてみる?」

そう返すと、反応があるとは思わなかったのか、神崎はギョッとした表情になった。けれどすぐに薄ら笑いを浮かべて鼻を鳴らす。

「お前、誰に向かってもの言ってんのさ。僕がそんな貧乏臭いもん食えるかよ」

「え? 神崎は、いつもどういうの食べてるの」

「ハア？　頭足りないやつだなあ。よくうちの学校に編入できたよね」

顔を歪《ゆが》めてあからさまに舌打ちをされて、真治はここでようやく神崎が自分を攻撃していたのだと気づいた。もやっとした灰色の感情がふわりと浮かび、真治は少し悲しくなる。その感覚が大きくなる前に、ふと神崎の手元にあるものがどこかの店の出来合いの弁当であるのを見て、もしかすると母親に弁当を作ってもらったことがないのだろうかと思い、少し気の毒になった。もう少し仲良くなったら、自分の弁当を食べさせてあげよう。そんな風に考えたら、僅《わず》かに濁った胸の内はすぐに元通りに澄《す》み渡っている。

「おーい、真治。俺これから飯《めし》食いに屋上行くから、お前も一緒に行こうぜ」

そのとき、どこかに行っていた塚越が教室に戻って来た。すると、今まで憎々《にくにく》しげに真治を睨《にら》みつけていた神崎は表情を柔らかく一変《いっぺん》させて、塚越の側へ寄り袖を引く。

「祐紀、今日は日差しが強いよ。中でいいじゃん」

「なんかここ空気籠《こ》もってんだよ。俺今日は上で食うから、伊織はここで食えば」

甘えるような神崎の提案をあっさりと一蹴《いっしゅう》して、塚越は行くぞ、と勝手に真治の弁当を持って教室を出て行ってしまう。真治も慌ててその後について行ったけれど、視界の端に映った神崎の顔は今にも泣き出しそうにぐしゃぐしゃで、胸がチクリと痛んだ。

「あいつはさ、お前に祐紀とられたと思ってんだよ」

それからも、塚越のいない間に色々と意地の悪いことを言ってくるようになった神崎にさすがの真治も戸惑っていたとき、厚木が見かねたように詳しく説明してくれた。

「どういうこと？　俺が、塚越を独り占めしてる、とか？」

「あいつら、今まで何するにも一緒でさ。まあ、伊織が祐紀にどこでもくっついてくって感じなんだけど。それが最近、祐紀のやつがお前ばっかり構うから、すっかりへそ曲げてんだよ」

神崎は塚越と同じく幼稚園から鳳華院に通っており、家も塚越の遠縁にあたるもので、親族一同で塚越グループ系列の化粧品会社を経営しているらしい。

「いわゆる幼なじみってやつだよ。祐紀もその時々で一緒にいるやつ違うけどさ、あいつはいっつも一緒にいる感じ」

「それなら、俺なんか別に大したことないじゃん。幼なじみって、もう家族みたいなものなんだろ。少し他の誰かと仲よくしたからって、幼なじみは幼なじみじゃないか」

真治は純粋にそう思った。幼稚園から続いている二人の関係に、たった数ヶ月の仲の自分が割って入れるとは思えない。それに、真治にも幼い頃からの友達はいるけれど、ずっと学校が同じという友人はいない。それだけに、塚越と神崎の関係は特別なものに思えた。

「それがなあ。ちょっと違うんだよな」

厚木は今までと種類の違うようないやらしい笑みを浮かべた。

「伊織、ホモって噂があってさ」

突拍子《とっぴょうし》もない話に、真治は少し言葉に詰まる。

「噂って、どうしてそんな噂」

「ずっと祐紀に片思いしてんじゃねえかって話。だからさ、お前もそうなんだけど、可愛かったり綺麗だったりするやつが塚越に近づくと、番犬みたいに吠《ほ》えて追い払うわけ」

そう言われてみれば、少し納得できるような雰囲気もあった。神崎の態度は、親しい友人を奪われる嫉妬《しっと》というよりも、恋人を奪われるような、もっと激しいものに感じていたからだ。

「だけど、塚越には今まで彼女とかいたんだよね」

「そういうのは仕方ないと思ってんじゃねえの。女にはハナから敵わないってさ」

男だから過剰《かじょう》反応してんだよ、という厚木の言葉は、全てをそのまま受け取るには少し行き過ぎた内容のような気もした。

「それじゃ、俺、どうすればいいんだろ」

「そりゃ、手っ取り早く伊織のヒステリー収めるには、塚越から離れりゃいいんだろうけどさあ。もしくは女の子になっちゃうとか」

「なるほど。って後者は普通に無理だから」

厚木はヒヒ、と上唇を捲り上げて笑っている。

「祐紀も今までにないくらい気に入ってるやつみたいだからさ、お前はさ。もう周りで見てるこっちも、伊織が何かやらかすんじゃねえかって、ハラハラしてんだよ。気をつけろよな」

そんな忠告をされても、真治には何ともしようがなかった。これまであまり直接的な悪意に晒《さら》されたことがなかったので、小柄な同級生の向けてくる純粋な憎悪《ぞうお》にただ困惑するしかない。しかも、それが自分が何かしたというわけではなく、塚越と一緒にいるからということだけが理由ならば、厚木の言う通り、解決策は塚越から離れるということしかない。けれど、それだけの理由で、よくしてくれる塚越をないがしろにしたくはなかったし、実際塚越を拒絶したとき、彼がおかしくなってしまうのではないかという気持ちがあって、怖かった。塚越の母親の話を知ったとき、その脆《もろ》さを垣間見て、それから一層自分に甘えてくるようになった塚越と接していて、真治は自分がこの友人についていてやらなくてはと感じている。しかし、他に神崎の怒りを抑える手段も思い浮かばなかった。

「大丈夫だろ。きっとその内、気が済むよ」

色々考えてはみたけれど、口から出たのはそんな楽観的な答えだった。厚木は肩を竦めて、お前は能天気だなあ、と若干《じゃっかん》呆れた様子である。

真治はくよくよと長く思い悩むのは得意ではないのだ。今回のことも、まだ明確な被害にもあっていないのに、それに対して神経をすり減らして警戒するということは馬鹿らしく思えてしまう。神崎の暴言は気持ちのいいものではないけれど、四六時中《しろくじちゆう》耳元で騒がれているわけでもない。一日の内には、その他に楽しいことや心躍《おど》ることの方が多く、真治はそちらに気を取られれば、神崎の悪意などすぐに忘れてしまうのだった。

事件は夏に差し掛かった頃に起きた。さすがに暑くなって来た近頃では屋上で昼食をとるのを好む塚越も、空調の効いた屋内で昼休みを過ごすことが多くなっていた。今までずっと公立校で、教室にクーラーなどなかった真治は、あらゆる面で快適なこの高校に改めてカルチャーショックを受けていた。先日始まった水泳の授業で使ったプールも屋内にある広いもので、シャワーもジム並みに数があり、サウナまで備え付けられているのだ。しかもその施設はほとんどが生徒の親からの寄付だというのだから、この学校の富裕層のレベルも推《お》して知るべしといったところである。

「なあ、それ食ってみてもいい」

塚越が真治の弁当箱を覗き込み、卵焼きを指差した。

「いつも美味そうだなーと思ってた」

塚越の小さなおねだりに、真治は破顔《はがん》した。塚越がいつも食べているものといえば、吉《きつ》兆《ちょう》や帝国ホテルなどの有名な料亭やホテルでわざわざ作られた特注のもので、こんな一般家庭で作られるような弁当に興味を示すのが微笑ましいと思えたからだ。塚越ほどの金持ちの家では、普通の家庭料理の方がむしろ珍しいのかもしれない。

「なんだよお。そういうの食ってみたいなら、俺がいくらだってやるのに」

厚木がコンビニの幕の内弁当を差し出してくると、塚越は大げさに嫌そうな顔をする。

「ばあか、違えよ。真治のだから欲しいんだっつの」

「じゃあ、俺も佐藤の食べてみたい」

「真似すんな。つうか、お前まで食ったら真治の分がなくなるだろ。な、ひとつだけいいか？」

塚越は真治が自分にとって特別なのだということを隠さない。最初はこんなやり取りを嬉しく思いつつ恥ずかしくもあったけれど、今では真治自身も周りも慣れてしまって、すっかり日常の一部となってしまった。

「うん、いいよ。俺が甘いの好きだから、少し砂糖多めだけど」

「佐藤なだけに、ってか」

「つまんねえよ、厚木」

ひょいと指先で卵焼きを摘まんだ塚越に、ふと、向かいにいた神崎が眉をひそめる。

「祐紀、行儀《ぎょうぎ》悪いよ」

「あー、ごめんごめん」

「塚越、これ使う?」

真治が自分の青と白のチェックのハンカチをとっさに差し出すと、悪いな、と塚越は素直に受け取った。そのとき、神崎が叫んだ。

「そんな汚いハンカチ使うなよ!」

一瞬、その場がしんとなる。神崎もすぐにハッとした表情になって、気まずそうに視線を落とした。その雰囲気のぎこちなさに、真治もヒヤリとしたものを感じる。

神崎が真治に対してヒステリーを起こすのはクラスの誰もが知っていた。真治も、神崎に罵詈雑言《ばりぞうごん》の類いを浴びせられることに慣れてしまって、この発言にもさしてショックは受けていない。けれど、これまで神崎は塚越のいる前で声を荒げることは決してなかったのだ。

「お前、何キレてんだよ」

塚越は鼻白《はなじろ》んだ顔で神崎を見た。

「別に汚くねえけどなあ」

「ごめん」

神崎は青白い顔で小さく呟いて、さっと席を立った。その後ろ姿があまりにも頼りなくて、真治はなぜか胸が締め付けられるような感覚を覚えた。自分が暴言を吐かれたことよりも、神崎の動揺とそれに対する冷淡な塚越の態度、そして周囲の失笑が、真治をいたたまれなくさせた。自分の行動のせいで神崎が笑われるような立場になってしまったことが、辛かった。神崎が決して強い人間ではないことは、わかっていたからだ。

「何、あいつ。生理かよ」

気にすんなよ、真治、とこちらに笑いかける塚越に、真治は複雑な笑みを返した。

(やっぱり、厚木が言ってたことって本当なんだろうか)

神崎が塚越に片思いしているという噂。それが事実ならば、長い間何も気づかない塚越も罪深い。それとも、知っていて知らないふりをしているだけなのだろうか。

真治はその内に神崎も気が済むだろうと思っていたけれど、入学したばかりの頃に神崎が因縁《いんねん》をつけてきてから二ヶ月ほどが過ぎた今も、彼の真治への態度は変わっていない。

それどころか、よりひどく神経質になっているような気がする。

おっとりとしているかやたらと我《が》が強いかの二種類に大別される生徒が多いけれど、神崎はその中でも特に自己主張が強く、怒りの沸点《ふってん》が低かった。その様は見ていてハラハラするほどで、中でも激しい罵倒《ばとう》を浴びせるのは真治に対してだったものの、その他の友人たちにも傍若無人《ぼうじゃくぶじん》な態度をとることが多々あった。皮肉を込めて陰で「姫」と呼ばれているのを知ったのもつい最近のことだ。神崎は決して周りに好かれているわけではなく、皆が彼を持て余しているということもわかってきた。

そんな背景を知るにつれ、真治はますます、神崎に対してどう接すればいいのかわからなくなっていた。憐《あわ》れみといえば傲慢《ごうまん》だけれど、それに似た感情が芽生《めば》えつつあったからだ。

その日最後の授業を終えてトイレに行くと、神崎がいた。あ、と真治が小さく声を上げると、神崎は鏡越しにこちらをチラリと見て、露骨に不快な顔をした。

「あの、ごめんな、今日の」

真治はとっさに謝っていた。昼休みから神崎がずっと落ち込んでいるのを見ていて、どうにも罪の意識が消えなかった。自分は何も悪いことはしていないと思っているけれど、神崎の嫌がることをしているのは事実だし、彼を追いつめてしまっている気がしたからだ。

神崎はすぐに視線を逸らし、話しかけるなという気配を漂わせた。けれど、二人きりで話ができる機会はそう多くない。今ここで神崎と少しでも仲直りしておかないと、危うい雰囲気の彼が更に暴走して孤立してしまいそうな気がしていた真治は、話をするべきだという義務を感じていた。周りに取り巻きがいなければ、神崎も素直に話してくれるはずだと思ったし、元々素直過ぎるために感情を露《あらわ》にしてしまう性格なのだと思っていたからだ。

そして、真治は焦《あせ》るあまり、我ながらずれていると思うようなことを言ってしまった。

「あのさ、俺のハンカチ、汚くないよ。きちんと洗ってるから」

神崎は目を剝《む》いて振り返る。

「お前が使ってるってだけで、汚いんだよ！」

広いトイレに男にしては甲高《かんだか》い声が響き渡る。神崎は昼間の失態を思い起こしたのか、悔《くや》しそうに唇を噛《か》んだ。そして、さっさと手を洗って、綺麗に折り目のついた真っ白なハンカチを濡れた肌に押し付けながら、足早にその場を去ろうとする。

「待てよ、神崎」

真治は思わずその肩を掴んだ。怒りを満面に表して神崎が睨みつけてくる。

「なあ、一体どうしろって言うんだ」

自分でも困りきった声が出ているのがわかった。

「俺に、どうして欲しいんだよ」

「祐紀から離れろ」

神崎の目が血走っている。真治は息を呑んだ。

「お前みたいな貧乏人、祐紀には似合わないんだよ」

「理由、それだけなのか」

そうじゃないことはわかっている。神崎に正直な気持ちを話して欲しかった。そうすれば、自分は釈明《しゃくめい》することができるのだ。塚越とは友達で、そういう意味で神崎から塚越を奪うつもりなんかないのだということを。なんなら、お節介《せっかい》だろうけれど、二人の関係を応援したっていい。そのくらいの気持ちがあることを、神崎さえ向き合ってくれるなら、打ち明けることができる。

「うるさい！」

けれど、当然世の中は真治のように楽天的にできてはいない。神崎はその小さな体からは想像できないほどの力で真治を突き放し、男子トイレのドアを蹴飛《けと》ばした。

「神崎！」

慌てて後を追いかけると、教室に入ろうとしたその瞬間、机が飛んで来た。まだ多くの生徒たちが教室に残っていた。キャーッという女子の声が不穏に響く。

「何してるんだっ」

すんでのところでそれを避《よ》けて、また机を持ち上げて投げようとしている神崎を止めようと、真治は駆け寄った。周りは、ただ暴れる神崎を遠巻きに眺めている。

「落ち着けよっ」

「お前が！　お前なんかが、いなきゃいいんだっ」

神崎は椅子を投げた。そしてそれが、ロッカーの前にいた男子生徒の足を掠《かす》めた。

「おい。何しやがる」

低い声に、神崎はぴたりと動きを止めた。それは宗方《むなかた》という中等部からの生徒で、いわゆる札付きの不良というやつだった。宗方は硬直している神崎に大股《おおまた》で歩み寄った。

「お前、いちいちギャアギャアうるせえんだよ」

言いざま、宗方は神崎の腹を蹴り上げた。神崎は面白いように跳ね上がった。

あっという間だった。着地してよろけた神崎は、つんのめって、向かい合った真治の制服に嘔吐《おうと》した。消化しきっていなかった昼食のローストビーフや、クロワッサンや、グリーンサラダがぶちまけられた。

突然の出来事に、周囲がざわめく。潔癖性の神崎は、信じられないことをしてしまったというように、紙のような顔色で呆然としていた。むっと漂う饐《す》えた臭いに、「やだあ」と女子生徒が囁いて、鼻を摘まんだ。

「なんてことするんだ！」

真治は込み上げた憤《いきどお》りに思わず叫んだ。神崎はうさぎのようにびくりと震えた。その怒声《どせい》が自分に向けられたものであると思ったらしい。けれど、真治の怒りの矛先は違っていた。

「蹴ることなんかないじゃないか！」

「いや、俺は、ただ」

いつも優しく明るい真治が初めて怒声を上げたので、宗方は顔を顰《しか》め、言いよどんだ。神崎が真治に向かって吐いてしまったことに少し動揺していたのかもしれなかった。

教室には白けた雰囲気が漂っていた。どこかで小さくさざ波のような笑い声がした。取り巻きたちですら神崎に近寄ってこなかった。神崎は魂《たましい》が抜けたように大人しくなっていて、顎《あご》を伝う吐瀉物《としゃぶつ》が冷えて固まり始めていた。怒りをまとわなくなった神崎は、見た目よりも一層小さく、細く、頼りなく見える。こんな展開にするつもりなどなかったのに、全ては自分が引き金なのだと思うと、真治は神崎が可哀想《かわいそう》で、申し訳なくて堪《たま》らなくなった。

「保健室行こうよ。立てるか」

こんな状態の神崎を皆の前に置いておきたくない。そう思って、真治は床に座り込んで震えている神崎の腕をとった。神崎の体はぐんにゃりとして重く、なかなか持ち上がらない。ふいに、身じろぎした神崎から尿の臭いを嗅いだ。僅かに失禁もしてしまったようだった。

「何やってんだ」

ふと声が聞こえ、見ると塚越が扉から中を覗き込んでいた。散乱した教室を眺め、真治と神崎を眺めて、その茶色い汚れを見つけ嫌そうに口を歪める。

「どうした、お前。それ、くせぇぞ」

くせぇ、という言葉に、神崎は大きく震えた。

「やめろよ。別にこんなの、すぐに落ちるから大丈夫だよ」

真治は自分のハンカチで吐瀉物に塗《まみ》れた神崎の顔を拭ってやる。おいおい、と何やら呟いている塚越を振り向くと、複雑そうな表情でこちらを見ている。ふと、昼間のことを思い出した真治は、あっと声を上げた。

「ごめん。俺のハンカチ、嫌がってたよな」

すると、神崎は目を丸くして、真治を見つめた。直後、急に、火がついたように顔を真っ赤にした。

「んなこと、どうして」

「だって、汚いって」

神崎は注意深く真治を眺めていたが、目に浮かんだ猜疑《さいぎ》の色はすぐに沈んだ。嫌みかもしれないという疑いは、真治の心配そうな表情に曖昧《あいまい》に消えたようだ。

「お前って、マジで馬鹿だな」

大きな目に溜まった涙が零れ落ちそうになった瞬間、神崎は慌てたように下を向いて、言った。

「ごめんな」

ほとんど独り言に近い呟きを聞き取って、真治は不思議な幸福に酔った。こんな言葉を神崎から聞ける日が来るなんて、思っていなかった。

ふいに、自分はこの小さくて憐《あわ》れな同級生から謝られるような何事かをされたのだろうか、と考えた。そのとき、真治は大きな勘違いに気がついた。自分こそ、ずっとこのクラスメイトを害していたではないか。彼がこんなにまでひどいヒステリーを起こしてしまうほど、彼を追いつめていたではないか。本当の被害者は誰なのか。本当の加害者は誰なのか。その答えは、周りが思うのとは真逆の場所にあるような気がした。

　教室の皆が神崎を馬鹿にし、軽蔑する笑い声を立てていた。潔癖性の神崎を最も傷つける言葉で、吐瀉物に塗れた神崎と真治を遠巻きに白い目で眺めていた。中でも塚越はその嫌悪の感情を隠そうとしなかった。くせぇなあ、この教室くせぇ、と冗談めかして喚きながら、自分の机で帰り支度を始めていた。真治は、この気の回る優しい友人の無神経な態度に驚いた。幼なじみだから遠慮がないということなのだろうか。相手に恋心があるかもしれないなどと知らないからできることだ。

　塚越の言葉を耳にする度に、神崎の体温が冷えていくのを感じた。伏せた睫毛《まつげ》が細かく震えていた。頰の産毛《うぶげ》が逆立《さかだ》っていた。寒気に鳥肌が立っている。真治は思わず呟いた。

「俺も、ごめん」

　神崎が耳聡《みみざと》くそれを捉《とら》え、腕を引く真治を凝然《ぎょうぜん》と見た。その目に、束《つか》の間《ま》、赤い憎しみが滾《たぎ》った。けれどそれは一瞬だった。すぐに怒りは諦めにとって変わったようだった。その表情に、真治はなぜか、自分を頭が足りないのではと批難した大人たちが見せた、諦めの苦笑いを思い出した。

この日の出来事はちょっとした話題になった。汚物《おぶつ》を嫌うお嬢ちゃんお坊ちゃんたちは、躊躇《ちゅうちょ》なく吐瀉物の後始末をした真治を敬意と物珍しい眼差《まなざ》しを以て眺め、どこか畏怖《いふ》すら感じているようだった。神崎は打って変わって大人しくなった。ヒステリーは相変わらずだったものの、真治に対する罵詈雑言は鳴りを潜《ひそ》めた。いつの間にか塚越の側には寄り付かなくなった。けれど、塚越本人はまったくそれを気にした様子はなかった。

天使が姫を懐柔《かいじゅう》したと言われていると知ったのは、後になってからだ。天使って誰？と厚木に尋ねると、そりゃもちろんお前のことだと返され、真治は困惑した。

「祐紀がそう言い始めたんだ」

「俺のこと、天使って？」

「あいつ前からお前のことそう言ってたからさ。でも今は皆が面白がってそう呼んでるぜ」

そういえば、太田川派の生徒たちから、塚越が自分を神聖視しているということを聞いたのだった。確か母親に似ているという理由だった気がする。それが本当かどうかはわからないけれど、結局塚越が天使と言っていたのが周りにも伝染《でんせん》してしまったということなのだろうか。

「確かにお前は天使だよ。普通あんだけ嫌がらせしてきてたやつのゲロなんか、触《さわ》りたくもねえもん。俺には真似できねえよ。将来の出世のためなら祐紀の足の指くらいは舐めるけどさ、ゲロの始末ってったら考えちまうよ」

「でも、人間皆、腹の中に同じのが入ってるんだよ」

そんなに驚くようなことだろうか、と真治は思った。大げさに騒がれているようで、どこか居心地が悪い。

「そんなん、外に出た途端《とたん》汚物じゃん。上からだって下からだってさ。あ、佐藤、もしかして介護《かいご》とかしたことあんの」

うん、と真治は曖昧に頷いた。祖父も祖母も、自宅での僅かな介護期間の後、亡くなった。大変そうだった母親を助けたくて、幼いながらに真治も手伝った。祖父の方の記憶は少し薄れかけている。祖母の方が鮮明だ。

（ああ、だけど、お祖父ちゃんも言っていた）

おしめを替える手伝いをしたとき、こんなことをしてくれる真治は天使だ、と。普通なら誰もやりたがらないことを進んでやるお前は本当に偉いね、優しいね、と。それなら、赤ちゃんの頃おしめを替えてくれたお母さんも天使だね、と真治が言うと、祖父は嬉しそうに、そうだ、そうだと頷いていた。

（母親は天使なんだ。だから、母親に似てる俺を、塚越は天使だなんて言うのかもしれない）

小さい頃から天使だと言われていた真治は、それ以来、高校でも公然と天使だと言われるようになった。いつでも自分について回るその形容詞。そのときは、どういう意味なのかよくわからないまま受け入れていた。

「俺さ、家で腐ったもん食って吐いたことあったんだ。だけど誰も片付けてくれなかったぜ。自分でやったんだ」

あの事件の後、保健室に神崎を預け、教室で汚れた制服を脱いでジャージに着替えるのを、塚越は真面目な顔でじっと見つめていた。幼なじみの不始末だからと、一緒に車で帰るために待ってくれていたのだ。

「真治は、俺の片付けてくれるかなぁ」

「当たり前だろ」

ジャージに袖を通しながら、真治は即答した。胸元から神崎の吐いたものの臭いが微かにして、ふと虚しい気持ちになる。

「吐くなんて、普通の状態じゃないんだから。自分で後始末するなんて、しんどいよ」

「そりゃ、そうだけどさ。自分のだって触りたくねえけどな」

「塚越のお母さんだって、その場にいたらやってくれたよ」

「そうかなぁ」

塚越は遠くを見るような目で、ぼんやりと窓の外を眺めた。

「母親って、そういうこと、してくれるもんなのか」

塚越の夢見るような茫漠《ぼうばく》とした声に、真治は思わず振り返る。赤く染まり始めた空が、

やけに胸に迫った。

「俺さ、伊織に嫉妬したんだよ」

「え？」

「だって、お前に体の中のもん、触ってもらえたじゃん」

塚越が何を言っているのかよくわからなかった。戸惑う真治に、塚越は微笑みを返す。

「片付けろって命令すればやってくれるやつはいるけど、自ら片付けてくれるやつなんて、きっとお前くらいじゃねえのかな」

「そんなことないよ。友達がそんなことになったら、誰だって」

「いや、誰もやんねえよ。それに、汚れたって綺麗なのも、お前くらいだ」

そう言って、塚越は何か眩《まぶ》しいものを見るような目で真治を見つめていた。


(汚れたって、綺麗？)

真治は真夜中に目覚めた。嫌な夢を見ていた。昔の夢を。まだ何も知らなかったあの頃の夢を。

(塚越、お前はあのときどうしてそんなことが言えたんだろう)

吐いたものは汚いけれど洗えば落ちる。けれど、身の内に染み込んだ汚れは、もうどんなに洗っても落とすことができない。

天使、天使と呼ばれていたことの意味を知らなかったあの頃。けれど、今ならばわかる。あれは、何も知らない、物事を深く考えない、あまりに楽観的な真治を揶揄《やゆ》する意味もあったのだ。そして、「よくわからない生き物」「理解できない生き物」としての名称でもあった。神崎との事件から、どこか畏怖すら感じている眼差しで周囲に見られていたのを真治は思い出す。普通ならば決して触れぬ汚物を平気で拭ったり、いかにも恐ろしい風体《ふうてい》の不良に食って掛かったり。普段の笑顔ばかり浮かべている真治の見せた突然の奇行に、彼らは恐れを成《な》したに違いない。

同級生たちのその感情を、かつて真治自身も感じたことがある。それは、聖書の内容を祖父に教えてもらったときだった。洪水《こうずい》でたくさん人を死なせたり、街を焼き払って壊滅《かいめつ》させたり、天罰として描かれる多くの犠牲に、真治は恐怖を抱いた。そんなことをしてしまう神様の気持ちがわからなかったのだ。けれど、祖父は言った。神様だからだよ、と。色々難しい説明をしてくれたけれど、真治の心に残っているのはその一言だった。「神様だから、仕方がないんだよ」と。人は理解できないものを排除する。一方で、自分たちとは違うのだから、天の上の存在なのだから、理解できなくても仕方ないと諦め、そして畏怖するのだ。

同級生たちが呼ぶ天使という言葉には様々な意味があったのだろう。皆が祖父と同じような慈《いつく》しみの気持ちでそう口にしてくれていたわけではない。

神崎との諍《いさか》いが収束《しゅうそく》したあの事件のとき、自分は神崎に許されたのではなかった。諦められたのだ。何を言っても通じない、汚いものすら汚いと認識できない、理解の範疇《はんちゅう》を超えたやつ。他人の吐いたものを汚いと思わないのだから、触れても平気だった。それに自分が汚されても、平気だったのだ。

あの春の夜に起きた暴行は、この馬鹿な自分に汚れというものを教えてくれるためのものだったのではないか。そんな気すらしてくる。あれほど衝撃的な出来事でもない限り、この身に直接叩き込まれない限り、自分は汚れというものが何なのかすらもわかっていなかっただろう。楽観的に考える余裕もないほどに蹂躙《じゅうりん》された。他人に犯され、汚される体。けれど、そもそも汚されたと言えるほど、この肉体は綺麗なものだったのだろうか？

レイプされた後に、真治が何よりも汚らわしく思ったのは、己の体だった。堪《た》え難《がた》い嫌悪感に、皮膚が赤くなるほど全身を洗い続けた。それでも、汚れているという感覚が落ちないのだ。

（当たり前だ。俺自身が汚れているんだから。いくら洗ったって、だめなんだ）

汚れとは自分自身だ。人そのものなのだ。奇《く》しくも自分で言っていたではないか。皆同じものが入っていると。人は皆汚い。そんなことを、今更知ったのだ。

過去の記憶が蘇り、真治は再び吐き気を催《もよお》して便所へ走った。ただ押し上げられた酸っぱい胃液が垂れ流された。その饐えた臭いに、神崎の吐瀉物を思い出した。真治は今初めて、それを臭いと思った。あのときはそんなことなど思わなかった。記憶の中の臭気を思い出した今、それを臭いと思うのは、自分が「天使」ではなくなったからだ。ようやく「人」になった。何かを恐れ、怖がり、疑う、普通の「人間」になったのだ。

再び、吐き気が込み上げた。泣き笑いの顔が映った便器の中に、唾液《だえき》と涙が滴《したた》った。

「お前、どうした。大丈夫か」

真治は驚いて、その場に立ち尽くした。午後の講義に出ようとしてアパートを出ると、目の前に塚越が立っていたのだ。いつからここにいたのだろうか。まさか昨日インターフォンを押してからずっとここで観察していたわけではないだろう。木曜は午後からの講義と知っていて山を張っていたのか。何にせよ、すぐに諦めただろうと思っていた塚越が一人で延長戦に入っていたので、真治は呆気にとられてしまった。

「何かあったのか」

約束をすっぽかし、電話も無視し続けたにも拘らず、塚越は怒っていなかった。むしろ真治を気遣うような、ひどく心配そうな顔をしていた。

「お前がこのまま何日も出て来なかったら、警察にでも電話しようかと思ってた」

「まさか、ここでずっと見張ってたのかよ」

自分を心配してくれる友人に対して最初に口から出た言葉が、我ながら下衆《げす》だった。

「やめてくれよ、ストーカーかよ」

「お前が約束すっぽかしたどころか電話にも出ないしメールも返さないからだろ」

塚越は困惑している。あえて怒らせようとしているのに、どうして怒らないんだ。真治は苛立《いらだ》った。

「どうだっていい」

「は？　何言ってんだ。俺がどれだけ」

「もう、俺に構うな」

「おい、真治！」

塚越を無視して、真治は足早に駅の方向へ向かった。

（早く、愛想を尽かしてくれ。俺はお前を傷つけたくない。お前を疑いたくない。これ以上、嫌な自分を見たくない！）

「おい、待てよ！」

塚越がやや気色《けしき》ばんで大きな声で真治の腕を摑んできた。虚《うつ》ろな目を向けると、塚越は探《さぐ》るように真治の顔を凝視している。その目つきの真摯《しんし》さが、怖かった。己の隠しておきたい変態的な欲望まで見透《みす》かされてしまいそうな気がした。

「お前、携帯変えるつもりだろ」

鋭い指摘に、ギクリとする。その動揺を察知して、塚越の顔が歪む。

「もう俺と連絡とらねえつもりだろ。下手すりゃ引っ越しとかしてさ。何でそんなに急に逃げてんだよ。俺が何かしたかよ！」

「だから、もう何だっていいだろ！」

これ以上、心に食い込んで来ないで欲しい。煩《わずら》わされたくない。苦しみたくない。真治はその一心で、塚越の手を乱暴に振りほどく。

「お前、ウザイんだよ。もう二度と俺に連絡すんな！」

言い捨てて、真治は一目散にその場を逃げ出した。傷ついた塚越の顔は見たくなかった。悲しい顔も見たくなかった。

(俺のことなんか、忘れてくれ。汚い、変態の、俺のことなんか)


どんなにひどい精神状態でも、講義には出なければいけない。勉強して、単位をとって、卒業して、人並みの会社に就職して、独り立ちしなければいけない。

真治は自分に課したその義務感のみで大学に登校していた。

(早く帰りたい)

大勢の人間に囲まれていると、それだけで気分が悪くなる。群衆の中から自分を見つめている目があるのかもしれない。そう思うと、いても立ってもいられない。

「来週レポート提出ね。質問があればいつでも来て。はい、それじゃお疲れ様」

教授の締《し》めの言葉を聞くと同時に席を立つ。誰にも話しかけられない内にと足早に教室を出て、階段を駆け下り、棟の外へ出る。

早く部屋へ帰りたい。外でまとわりついてきたあらゆるものを擦って洗い落として、花の香りで誤摩化《ごまか》して、部屋を綺麗にして、自分だけの空間に閉じこもりたい。

「あ、佐藤、おい、佐藤ってば」

声だけならば気づかないふりで無視していた。けれど肩を押さえられてしまったので立ち止まらざるを得ない。

「そんなに急いで、どこ行くの？」

にこにこと人のいい笑みを浮かべて真治の前に立つ男。ワックスで整えた短い髪と真っ白なポロシャツがいかにも好青年という雰囲気だ。彼はいつも大勢の友人と喋っていて、いつも笑顔を絶やさない。外に対して少しずつ心を開きかけていた真治が、大学で自分の名前を教えた最初の人間。けれど、相手の名前は忘れてしまった。

「ああ、ちょっと、約束が」

「なあ、結局いつなら飲めるわけ？　佐藤ともっと喋りたいよ。お前いっつもすぐいなくなっちゃうんだもん」

「ごめん。バイトが忙しくて」

嘘だった。ビッグ・パークのバイトは続けるつもりだったのだが、あの事件があってすぐに辞めてしまった。それでも何とか他の場所でなるべく人と接しない生活費稼ぎをしようと思っていたのだ。けれど、親が急に引きこもりになってしまった真治の状態を心配して、国立に受かってくれたのだからせめて生活費は送らせて欲しいと、十分な額のものを毎月振り込んでくれている。さすがに、真治は今回ばかりは甘えさせてもらうことにした。時間が経って人と接するのが怖くなったら、またバイトを始めよう。そう思っていたのだけれど、昨日の写真の一件で状態はまた振り出しに戻ってしまったのだ。

「じゃあ、今度の休みって、いつ？　合コンでもしよっか？　佐藤めちゃくちゃイケメンだもんな。他の連中が嫌がりそうだけどさあ」

「いや、でも、俺は」

「よお、真治」

突然腕を引かれて、心臓が止まりそうになる。その声だけで振り向かずとも誰だかわかる。昼間必死で振り切ってきた、あの男だ。

「待ってたぜ。遅かったじゃねえか」

まさか、こんなところまで追いかけてくるなんて。真治は目を丸くして塚越を見つめた。顔は笑っているけれど、目が笑っていない。なぜか冷たい汗が背筋を伝い落ちる。

「あ、じ、じゃあまた今度な！　近いうち絶対飲み行こうぜ」

真治に声をかけた好青年はなぜか顔を強張《こわば》らせてそそくさと立ち去ってしまった。塚越はチラとその後ろ姿を見て鼻を鳴らす。逃れたくて、摑まれたままの手をひねるが、塚越は離してくれなかった。唇を嚙んで睨みつけたけれど、男の顔は半分笑ったままだ。わけのわからない恐怖に、じわじわと汗がシャツを濡らす。

「またストーカーかよ」

「ああ、そうだ」

「お前、暇だな」

「大学生なんてそんなもんだろ」

そう言うや否《いな》や、塚越は真治の腕を摑んだままずんずんと歩き出す。足がもつれそうになり、慌てて体勢を立て直す。

「おい、何すんだ。どこ行くんだよ」

「ゆっくり話ができるとこ」

「離せ！　俺は帰りたいんだ！」

「またろう城されたら堪《たま》ったもんじゃねえかんな」

正門を出た目の前の路肩《ろかた》に、磨き抜かれた真っ青なジャガーが停まっている。助手席に放り込まれ、塚越がすぐに隣の運転席に乗り込んで来て、扉をロックした。驚いて鍵を開けようとするけれど、まるで動かない。

「何で、開かないんだよ」

「わり。チャイルドロックかけたわ」

真治は目を剝いて運転席の塚越を見た。なぜ、ここまでしてかまうのか。あまりの強硬手段に愕然《がくぜん》としている間に、ジャガーは走り出す。塚越は無言のままだ。もう観念するしかないのか。真治は脱力して、シートに深くもたれた。こうなった以上は塚越の納得がいくまで帰してもらえないだろう。面倒なことになった。まさかここまでされるとは思っていなかった。

「どこ行くつもりなんだ」

「俺のマンション」

「お前の？　一人暮らし、始めてたのか」

「そうだよ。卒業してすぐ自分でマンション買った。色々世話焼いてくる連中がいないと、楽でいいわ」

真治は以前何回か訪れた塚越の家を思い出していた。広尾の高級住宅街の中でもひときわ大きな敷地をぐるりと高い塀《へい》が取り囲み、中に入ればよくしつけられたドーベルマン三匹が広い庭園を闊歩《かっぽ》し、邸《やしき》に入れば数人の家事手伝いの女性がお帰りなさいませと頭を下げて塚越を出迎えた。吹き抜けの玄関に重厚なアンティーク家具が揃えられた豪奢《ごうしゃ》なリビング、そしていくつもの客間があり、クラス全員で押し掛けても問題なく泊まれそうな広さなのには唖然《あぜん》としたものだ。しかも、そんな広さの家が他にもいくつかあるらしかった。一体何のためだと庶民の真治が尋《たず》ねると、きょとんとした顔で別荘だと言われた。ひとつやろうかと冗談で言われたけれど必死で首を横に振った覚えがある。維持管理費だけで我が家は破産だ。

ジャガーは重苦しい沈黙を抱えたまま二人を乗せ、二十分ほど走り続けた。恵比寿《えびす》に入り、マンションの入り口に着くと警備員に何かのカードを見せてゲートを開けてもらい、地下の駐車場へと潜り込む。広い駐車場にはまるで展示場のようにベンツだのフェラーリだのという高級車が並んでいる。明らかに富裕層向けのマンションだ。決して高校を卒業したばかりの大学生が、しかも自ら買えるような場所ではないのが窺える。相変わらず規格外の同級生だが、鳳華院には塚越のような上流階級でも最高クラスの生徒たちがぞろぞろと存在していたのだ。改めて、あの学校は普通ではなかったのだと認識する。

車からは解放されたものの今更逃がしてもらえるはずもない。大人しく塚越についていくと、最上階の十五階の部屋に連れて行かれる。

「ようこそ、我が家へ」

恭《うやうや》しくレディファーストのようにドアを開けられて、居心地の悪い思いをしながらも足を踏み入れた。

(これが一人暮らしかよ)

無駄なスペースが多すぎる、と文句をつけたくなるほど、馬鹿らしいほどに広い。広さは多分2LDK。三十帖《じょう》近くあるリビングダイニングに、十帖はある寝室が二つ。トイレも二つあり、風呂も広い。ウォークインクローゼットもあり、そこにはすでに塚越の夥《おびただ》しい数の衣服がズラリと並んでいる。

「お前も一緒に住むか？　ここ、見ての通り一人だけだと寂しいから」

一通り案内されて言葉を失っていると、塚越がそんな冗談を飛ばしてくる。真治は胡乱《うろん》な目を向けて、返事をするまでもないと黙殺《もくさつ》した。女の私物が置いてある気配はないが、塚越のことだから相変わらず切れ目なく彼女はいるのだ。寂しいのなら、そいつを住まわせればいい。自分は誰ともかかわりたくないのだ。視線は思わず広いベッドに向けられる。これがキングサイズというやつだろうか。長い髪でも落ちているのではないかと観察してみたが、綺麗にベッドメイキングされた白いシーツには何も痕跡《こんせき》を見つけられなかった。

「それで、俺を拉致《らち》してきて、どうしたいんだよ」

「監禁《かんきん》でもしようかな」

「ふーん」

「おい、もっと真面目に受け取れよ。俺、本気だぜ」

気のない反応をすると、塚越が憤慨《ふんがい》したように真治の肩を大きな手で掴む。熱い手だ、と真治は感じた。ふいに、十二月の登校中に会ったときの塚越の手の熱さを思い出す。この男の手は、四季を問わずいつでも熱いのかもしれない。

「お前がちゃんと説明してくれるまで、帰さないから」

「説明って、何の」

「とぼけんなよ。昨日から、いや、もう、ずっとおかしいじゃねえか。昼間のだって、何だよ、あれ」

塚越の、怒っているというよりも焦《あせ》ったような声が、虚《むな》しく真治の耳に響く。

「お前がおかしくなったの、いつだかはっきりしてんだ。皆でお前の合格祝いパーティーやった翌日だろ。俺、よく覚えてる。あのパーティーは土曜だった。次の月曜日から、お前と連絡とれなくなったんだ」

（ああ、そうだ。アレがあったのは、日曜日の夜だ）

塚越の言葉で、急にそのときの記憶が蘇った。長々とやられていたのか、気がつくと月曜日の早朝になっていた。寝かされていた公園は駅の近くで、出勤するサラリーマンや通学途中の学生が、人生が劇的に変わってしまった真治のことなど何も知らないという顔をして、あまりにも普段通りに、忙しく視界を横切って行ったのを覚えている。

「卒業式にだって来なくってさ。皆あのパーティーで誰かが何かやらかしちまったんじゃねーのって、会議みたいに一人ずつ意見まで出し合ってさ。最後までお前の心配してた。俺、お前の家何回も行ったよな。最初はお前が俺に会いたくないって部屋の鍵絶対に開けなくて、三回目でお前の母さんがこのまま友達の顔潰《つぶ》す気ならドアぶっ壊すってキレて、そんで渋々《しぶしぶ》お前が鍵開けて。お前、何日かぶりに俺の顔見て、怯えただろ。あの日、忘れられない。お前にあんな目で見られたの、初めてだった」

（当たり前だ。お前のことだって疑ってたんだ。無理矢理部屋に入って来ようとして何回も家に来る男なんて、恐怖でしかなかった。それがたとえ親友のお前でも）

今までの真治は誰かをむやみに疑うことなど皆無《かいむ》だった。誰かを疎外《そがい》したり嫌ったり憎んだりすることなんてまるでなかった。それまであまりにも周りに恵まれていたからだ。少し嫌なことをされても、悪い人間ではないと思っていた。皆家族がいて友人がいて、わかり合えることが当たり前の人間なんだと。あんな、正体不明の、悪意や欲望が己に牙《きば》を剝く、あの日までは。

知っている。自分が馬鹿だったのだ。汚れや恐れることを知らない「天使」。あの夜その羽根は毟《むし》り取られて、恐怖と疑念がその傷口から真治を犯した。

「俺、何があったのかなんて、ずっと聞けなかった。あんなお前の怯えた目見たら、聞けるはずない。何かヤバイことがあったんだってのはわかったから、そこには触れないようにして、ちょっとずつお前に歩み寄ろうって決めた。最初は、毎日押し掛けたらお前がますます引っ込んじまいそうだったから、週末に一度。一人暮らし始めてからは、週に二回。少しずつ様子見て、お前がだんだんゆっくり戻っていくの見て、少し安心してた。何でそんなに変わっちまったんだなんて、問いつめるつもりなんかなかった。一生聞かないでおこうって思ってたくらいなんだ。だけど」

塚越は大きく息を吐いた。疲れのようなものがその大人びた顔を過《よぎ》った。

（ああ、そうだ。お前は俺に尽くしてくれた。献身的《けんしんてき》に、俺を戻そうとしてくれた）

そんな友人は、塚越一人だけだった。だから、塚越だけは信じた。けれど、昨日それまでの何もかもが、再び崩壊した。もう誰も信じることはできないのだ。誰とも一緒にいたくなどない。

「今日みたいにされて、また振り出しに戻ったってわかった。ただ優しく接してるだけじゃお前は戻らない。お前がおかしくなった原因聞いて、その根っこをどうにかしないとだめなんだ。そう気づいたんだ」

真摯な口調で塚越が語りかけてくる。けれど真治にはその声は届いていなかった。

（どうしたら、こいつは俺を見放してくれるんだろう）

ずっとそればかりを考えている。この優しくて熱心な友人が自分のことを諦めてくれるには、一体どうすればいいのか。

「なあ、頼むから、話してくれよ。一体、何があったんだ。三月のあの日。お前、何があったんだよ」

言えるわけがない。誰にも、言えるわけがない。特に、自分を神聖視しているこの友人には。

（――そうか）

ふいに、閃光《せんこう》が脳内に走る。決定的に嫌われる方法を思いついた。どうしてこんな簡単なことを今まで思いつかなかったのだろう。

「なあ、真治。話してくれよ。頼むよ」

どんな仕打ちをされても、自分を心配し甘やかしてくれる親友。神様のように優しい男。

そうだ。最初からそうすればよかったのだ。塚越は自分のことを神聖視している。どうやら母親に似ているらしい自分のことを清らかな存在だと思っている。お前は天使みたいな奴だなどと素面で口にするほど、夢を見ている男だ。

（それなら、その偶像《ぐうぞう》を壊すまでだ）

「――そんなに、俺のこと知りたいのか」

「真治？」

肩を摑む大きな手に、真治はそっと指を添《そ》えた。視界の端に、大きなベッドが映る。心臓が嫌な音を立てていた。けれどもう、やるしかなかった。

「じゃあ、俺を、抱いてくれよ」

突然の言葉に、目の前の男は、間抜けな顔をしていた。何を言われたのか、理解していない様子だった。鳩《はと》が豆鉄砲を食らうという言葉そのままの表情に、思わずこの場に不似合いな笑いが込み上げた。

「俺、ホモなんだよ。ケツに突っ込まれんのが大好きな変態なんだよ。だから、お前が俺のこと何もかも知りたいってんなら、やってくれよ」

ふと、塚越に片思いをしていたという、あの小さな同級生のことを思い出した。

「嘘だろ」

今度は塚越が噴《ふ》き出した。白けたような笑いに、広い肩が揺れている。

「お前、どうした。からかってんのか。その冗談、あんま面白くねえ」

「冗談なんかじゃねえよ」

言葉を遮《さえぎ》ると、塚越の顔が笑顔の名残《なごり》を残したまま引き攣る。

「友達なんかいらねぇよ。今俺が欲しいのは突っ込んでくれる奴なんだよ」

「おい――いい加減、怒るぞ」

「怒りたいのはこっちだよ。何勝手に人のこと天使とか決めつけてんだよ。俺だって一人の人間なんだよ。オナニーだってするしセックスだってするんだよ」

それは、思わず零れ出た本音だった。塚越と敵対していた太田川たちに言われるまでもなく、塚越が自分に夢を見ていることは何となく感じていた。そしてそれを心のどこかで息苦しいと思っている自分も確かに存在していた。

「交換条件だ。簡単だろ。俺からこれ以上話聞きたいなら、俺を抱け。俺とセックスしてくれよ」

偶像の壊れた親友の茫然自失といった表情が、愉快だった。肩を摑んでいた手は脱力し、だらりと落ちて所在なげに揺れた。

（こんなもんだ。信頼関係なんて、友情なんて。増してや、偶像なんて）

男は幻想に生きている。どんなに年齢を重ねても、無邪気な子供の部分がある。処女だと信じて疑わなかったアイドルに熱愛が発覚すると、裏切られたと勝手に怒り狂ってアンチに変貌《へんぼう》する男。巧妙《こうみょう》な化粧をナチュラルメイクだと錯覚《さっかく》して素顔にショックを受ける男。自分自身もそうだ。貧しいセックスの知識では、Hでは女の子は必ずイクと思っていた。あんあん喘《あえ》ぐと思っていた。実際そんなことはなかった。緊張して何がなんだかわからない内に終わっていた。現実は厳しい。それでも、何度だって騙されてしまう。その度に大きなショックを受ける。そしてリアルな世界に我に返ったとき、幻想を奪われた男は極端に残酷になる。

「もう、わかっただろ」

虚しかった。もう何もかもどうでもよかった。元々最低な人間なのだから、これ以上親友に絶望されようと何も変わらないはずなのに、今自らの手でその最後の自分の価値を打ち砕いてしまったようで、体の中が空《から》っぽになってしまった感覚があった。

塚越は沈黙している。俯《うつむ》いたまま、フローリングの一点を見つめて動かない。

ああ、終わった。これで片付いた。

「じゃあな」

真治は帰ろうとして塚越に背を向けた。あのアパートに戻ったら、さぞかし自分の部屋が小さく狭く見えることだろう。それでも、真治にとっては、自分を守ってくれる堅牢《けんろう》な城だった。たとえ強姦魔がポストに写真を入れたとしても、あの部屋の中には入って来られるはずがない。居場所を知られているのは恐怖だったけれど、きっとどこへ行っても同じことなのだ。真治にできることは、なるべく外へ出ないこと。誰も信用しないこと。それしかなかった。

(俺一人離れたって、塚越にはたくさん友達がいる。大丈夫、すぐに忘れてくれるはずだ)

こんな汚らわしい存在に、塚越はかかわるべきではないのだ。塚越だけではない、皆が自分のことなど忘れて、楽しく笑っていてくれればいい。真治はすっかり狂わされてしまった自分自身の心はさておき、皆には幸せでいて欲しい、という気持ちは変わっていなかった。孤独に引きこもっているのは、自分だけでよかったのだ。

突然、もの凄い力で体を引っぱり込まれた。声を出す暇もないまま、真治の体は巨大なベッドの上でバウンドした。すぐに塚越が上にのしかかってくる。何かを振り切ったような、どこか傲岸《ごうがん》にも見えるその表情に真治は息を呑んだ。

「お前」

小さく震えた声が出た。ざわりと全身に悪寒が走り、無我夢中で起き上がろうとするが、肩を頑強《がんきょう》に押さえ込まれて動けない。真治は怯えを悟《さと》られないよう、ありったけの力を込めて塚越を睨みつけた。

「やめろよ」

「お前がして欲しいって言ったんじゃねえか」

「無理してんのバレバレなんだよ。勃起《ぼっき》もできねえくせに調子乗んなよ」

「調子乗ってんのはお前だろ」

優しい唇が薄ら笑いを浮かべた。

「なめんなよ。勃起なんか簡単にできんだよ。お前がして欲しいことなら、俺は何だってできんだよ」

「嘘、つくな」

「嘘じゃない。どうやって抱いて欲しい。優しいのがいいのか。それとも乱暴にして欲しいのか。なあ、真治」

塚越は本気だった。のしかかってくるその体から、生臭い性欲の臭いが漂い始めていた。こんなはずじゃなかった。予想外すぎる展開に、真治は混乱した。捲れ上がったシャツの下にずるりと大きな手を差し込まれて、その熱さに衝撃を受けた。

本当に、本当に、友人に犯されてしまう。いちばんの親友に。優しくて、自分を心配してくれて、どんな暴言を吐いても怒らない、唯一無二の親友に。

確かに縁を切ろうとしていた。もう二度と会うつもりもなかった。友人の尽きることのない優しさに堪《た》え兼ねて、自分にはそんな情けをかけてもらう資格などないのだと示すために、ハッタリをかました。そこへ、塚越が本当に乗ってくるなんて考えてもいなかった。

（いやだ）

こんなことはしたくない。親友とこんなことをしたら、自分がどうなってしまうのか、わからない。ゾワゾワと寒気が込み上げる。鼻先に同級生の吐いた吐瀉物の臭いが蘇る。汚い。臭い。苦しい。痛い。それなのに、気持ちいい。

（いやだ！）

熱い肌が、熱い息が、男の重い肉体が、のしかかってくる。

あの日のように。何もかもが変わった、あの夜のように。

体中を舐められて、吸われて、脚を開かれて、何度も何度も、大きなもので腹を突かれて——それを、今度は、親友に。

「いやだ」

首筋に吸い付いていた塚越がふと顔を上げた。

「いやだ。いやだ。いやだ」

「真治？ おい」

頭の中で親友の姿が変わった。あの夜と同じ獣が生まれる。黒い大きな獣だ。獰猛《どうもう》な牙と爪を持ち、荒く湿った息を吹きかけ、濡れた巨大な狂気で襲いかかり、体も心も食い尽すまで真治の上で動くのをやめようとしない。

（いやだ、いやだ、いやだ！）

気持ち悪いのに、苦しいのに、痛いのに、気持ちいい。真治は何度も射精する。やがて、白い体は黒い塊《かたまり》に呑《の》み込まれ、怪物の一部になる。しかし、それこそが自分の本来の姿だった。真治は悪魔だった。汚くて、気持ちのいいことが好きな悪魔だった。吐瀉物と糞《ふん》尿《にょう》と血と精液が混ざり合うような醜怪《しゅうかい》でおぞましい粘液に包まれて、真治は笑っているのだ。いつも笑顔のしんちゃん。天使みたいなしんちゃん。そう言って穏やかに笑っていた大人たちの顔が一変する。汚らわしいものを見る目つきで真治を見下している。

（俺は、何もしていないのに）

何もしていない、何も知らない、それこそが罪だったのだ。無知だったから、怖がらなかった。恐れを知らなかった。だから、あんな目にあったのだ。真治は天使ではなくなった。汚物に塗れた悪魔になった。汚いものに包まれているのに快感に喘いで、それをいつまでも追い求める悪魔になったのだ。

（ごめん、皆。ごめん、お祖父ちゃん。神崎。塚越）

許さない。きっと皆は許してくれない。汚れを知らない無垢《むく》な存在だと思っていたのに、一皮剝いてみればこんなにもおぞましい生き物なのだ。皆が怒りで歪んだ顔で自分を取り囲む。一斉《いっせい》に指を差す。裁判のような、厳正で張りつめた、冷たい空気に包まれる。これから罪を宣告《せんこく》されるのだ。周りを欺《あざむ》いた罪。天使の皮をかぶった悪魔。誰も彼もを騙して生きてきたその罪は、万死《ばんし》に値する。いつも優しく穏やかだった祖父が悪鬼《あっき》のような顔で叫ぶ。——お前は、死刑だ！

「うわあああっ」

真治は絶叫した。

「真治！」

ふいに肩を摑まれて、強く揺すぶられる。恐ろしかった世界に光が戻り、真治は塚越を呆然と見つめた。

「なあ」

塚越の息が荒い。額に汗が浮いている。しかしその表情に欲情の影がないのを認めて、緊張していた筋肉が弛緩《しかん》する。自分は全力で暴れていたらしい。先ほど頭を支配していた妄想を思い起こして、ぶるりと震えた。天使だと自分の誕生を喜んだ祖父。天使みたいな奴だと笑っていた親友。今、自分はそれを汚そうとしていたのだ。全てを道連れにして、地獄に堕《お》ちようとしていたのだ。

「お前、何一人で抱え込んでんだ」

そっと、温かな手のひらが真治の頰を包み込んだ。

「嘘だって、わかってたよ。さっきお前が言ったの、全部」

血の気の引いていた顔に、体温が戻ってくる。塚越の熱を移されて、次第に人の感覚を取り戻していく。塚越は観察するように、注意深く真治の目を覗き込んだ。その瞳の奥に熾火《おきび》のような熱がある。

「知ってるか。お前、全力で拒否しようとしてるけど、縋《すが》り付いてくる目がハンパなかった。助けてくれって、全身で叫んでたんだ。行かないでくれって。離さないでくれって」

「塚越」

「もう、一人で苦しむな」

真治は喘いだ。胸が苦しかった。痛みのような感情が背筋を貫いた。温かい広い胸に抱きしめられた途端、何かが胸の奥で爆《は》ぜた。

真治は赤ん坊のように泣いた。恥も外聞もなく、泣きじゃくった。状況は何も変わっていないのに、何か許されたような気がした。汚い自分のことなど何も知らなかった自分に、束の間戻れたような気すらした。


「――そんなことが、あったのか」

ベッドの端に並んで腰掛けて、長い長い話をした。たった一晩のことなのに、それを語ろうとすると、言葉はひどく重くなり、大きくて、喉に引っかかって、容易に口から出て来なかった。けれど、つかえていたものを吐き出してしまえば、目に見える世界が一段階明るくなったように思えるほど、楽になった。これまで誰にも話せなかったことを打ち明けただけで、こんなにも心が軽くなるものなのか。恐らくは一時的なものなのかもしれないけれど、それでも、真治は久しぶりに大きく呼吸ができたような気がした。

塚越はしばらく無言だった。眉間に深いしわが刻まれ、唇はいびつに歪んでいた。

「真治、その写真どうした」

「燃やしたよ。灰もすぐに捨てたし」

「そっか。そうだよな」

少し残念そうにため息を落とす。

「無理もないけど、指紋とか残ってたら証拠になったんだけどな。ああ、でも、悪意のある奴がそんなヘマするわけねえか」

「あ、そうか。ごめん、考えつかなかった」

「いや、いい。問題は、そいつがお前んち知ってるってことだ。それに、何で半年近く経ってからそんな写真寄越したのかってことだな」

それは真治も悩んだ。けれど、そもそも異常な犯人の思考など自分にわかるはずもない。

何か訴えたいことがあったのか。

しかし頭は自動的にあの写真のことを考えないように、それについて思い悩むとひどく疲れて、重い眠気が押し寄せてくる。

「犯人に、心当たりは」

「そんなの」

わからない。わかるわけがない。全員が怪しく見える。塚越のことだって疑っていたのだ。

「ああ、でも」

「なんか思い出したか」

「あの人が――天野さんが」

あまりにも懐かしい名前を口にしたように思って、言葉が途切れた。その名を無意識の内に声にすることを禁じていたのかもしれない。真治は自分の腕を握りしめた。天野啓――ビッグ・パークの常連客。あの男に、一度だけ偶然出くわしたことがある。そのとき、彼はおかしなことを言ってきたのだ。

「あの、天野か。カラオケでお前に絡んでた」

真治は頷いた。塚越を目の前にした天野の豹変を思い出す。あまりにも普段の傲然とした態度と違っていて呆気にとられてしまったものだ。しかし、あの男なら拉致して暴行という卑劣《ひれつ》な行為もやってのけそうな気もする。天野が犯人である可能性を考えたことも多い。しかし、その何倍もの確率で、顔見知りでない男の犯行という気もしていた。強姦は六割りが知り合いの犯行というが、男相手の場合はどうなのだろうか。

「あいつが、どうかしたか。あいつが怪しいのか」

「新宿で、偶然会ったんだ。五月頃だ。それで、変なこと言われた」

「どんな」

「もう、普通に出歩けんのか、とか。相変わらずそそる、とか。また狙われちまうぜ、とか」

「なんだよ、それ」

今までにも散々いやらしい言葉を投げかけられていたので、ほとんど聞き流していた。けれど、今思えばおかしい。真治が一時期引きこもっていたことは誰かに聞いたのかもしれないが、また狙われる、とは、何を指して言っていたのだろうか。

「お前が、その、乱暴されたってこと、誰にも言ってないんだろ？」

「うん。話したの、お前が初めて」

「それじゃ、確定じゃねえか」

塚越は今にも天野の元へ殴り込んで行きそうな勢いで立ち上がる。スプリングが大きく弾み、真治の体が揺れる。

「話はわかった。天野のこと、調べてみる」

「そ、そんな――いいよ、今更」

「お前は何も心配しなくていい。ただ、俺が我慢できねえんだよ」

仁王立《におうだ》ちになった塚越は、激しい目をして真治を見た。こんなに激怒した親友の顔を見たのは初めてのことだ、と真治はまるで他人事のように考える。自分のためにこんなにも憤ってくれるということが、何か不思議なような気がした。そして、今までひた隠しにしていたことを責められているような気もした。

「もし本当にあいつだったら――あいつの親父の会社だって、ただじゃおかねえぞ」

ぼそりと呟かれた声の低さに、腹の奥が震える。自分の告白が、あの男の運命を変えてしまったかもしれないのか。そう考えると、底冷えのする思いがした。

＊＊＊

レイプの件を告白したにも拘らず、真治はアパートに帰してもらえなかった。荷物を取りに塚越の監視付きで一度戻ったというだけで、そのまま塚越のマンションに同居することになってしまった。犯人に現在の居場所を知られているというのに、居続けるのは危険だと主張されて、真治も反論できなかったためだ。元々塚越に頼る気は毛頭《もうとう》なかったので、こんなことになるとも思っていなかった。けれど、誰にも言えなかった闇《やみ》を全てを告白してしまった今、真治は全てを受け入れてくれた塚越に依存し始めている自分を感じていた。

「真治、今日講義が終わるの五時くらいだったよな？」

「うん、そうだけど」

「じゃあそんくらいに迎えに行くから。ついでに飯食って帰ろうぜ。勝手に一人で自分のアパート帰るんじゃねえぞ」

毎日、塚越は真治のために食事を作り、都合が付く限り、車で真治の送り迎えをしてくれるようになった。真っ青なジャガーが正門の前につけてあるのはひどく目立つ。そのことは次第に話題になり始め、たびたび真治はそのことを聞かれるようになった。

「なあなあ、あのすげえスポーツカーって、佐藤の友達のだろ？」

中でもよく話しかけて来るのは仲村《なかむら》だ。大学で最初に名前を教えた仲なのに、最近まで彼の名前を失念していて、他の学生との話でようやく名字を思い出すことができた。今では大学の中ではいちばん会話する頻度《ひんど》の高い学友だが、講義が終わるとすかさず塚越が迎えに来るので、いまだに学校以外で会うことはない。

「何で最近いっつもお前のこと送ったり迎えに来たりしてんだ？　女子とかさ、カッコイイってぎゃあぎゃあ喚いてるぜ」

「ああ。ちょっと色々あってさ。あいつ、俺のこと心配してくれてるから」

「いいよなあ、あんな友達いてさあ。すんげえ金持ってそう」

　真治は思わず苦笑した。金がある友達がいることが、「いいこと」なのか。鳳華院高校に金持ちの友人は大勢いたが、親友になったのは性格的に最も「金持ちらしくない」塚越だった。もちろん、裕福なのは悪いことではない。知人が富裕層であれば、メリットの方が大きいだろう。けれど友人として考えたときに、最も重要なのは、趣味や話が合うこともあるが、真治が塚越といていちばん心地いいと思うのは、その雰囲気だった。自分を包み込んでくれようとする、その親鳥のような優しさ。大した会話などしなくても、一緒にいるだけで安心する、その穏やかな気配。金持ち喧嘩せずという言葉の通り、級友のほとんどは皆穏《いや》やかな人間だったけれど、塚越は他の誰とも違う。慈しんでくれるような、こちらを癒してくれるような、温かな心地がするのだ。塚越は真治に依存し、甘えていた。同時に、真治も塚越を頼りにし、二人は精神的に深く混じり合っていたのだ。

「俺が必ず犯人を見つけてやる。そうしたら、お前も安心して自分のアパートに戻れるだろ？」

　塚越はそう言って、大学に行っている他の時間は、犯人探しに費《つい》やしているらしい。真治をマンションに連れ帰った後、自分だけ出かけてしまい、夜遅くまで帰らないこともあった。あの日の剣幕からすると、一直線に天野のところへ乗り込んでしまったのではないかと思っていたが、そう単純な行動はしていないようだ。けれど、何をどう探っているのか、真治には教えてくれようとしない。

（塚越には言ってないけど――本当は、あの男も気になるんだ）

いつも天野の後ろにいた、あの山崎と呼ばれていた陰気な男。直接卑猥《ひわい》な言葉を投げかける天野よりも、あの抑圧《よくあつ》された無言の圧迫感の方がよほど不気味だった。けれど、そんな確実性の何もないことを塚越に言ってもいいものなのだろうか。真治は迷って、結局何も言えずにいる。もしも天野を徹底的に調べても何も出て来なかったら、他に怪しい人物といえば自分が思い浮かべるのはあの山崎しかいない。しかし直接話したこともないのだからとんだ言いがかりのような気もする。気味が悪いから、というだけで名前を挙げるのも理不尽《りふじん》のように思えた。けれどそれを言ったらきりがないのだ。どこにも、何も確証はない。

（本当は、今更犯人を突き止めようなんて、思ってないんだ）

あの強姦魔が見つかれば、もちろん安心できるだろう。日々怯えずに済むだろうし、この閉塞感《へいそくかん》から脱することができる。けれど真治はそれよりも、自分が男であるにも拘らずレイプされてしまったという事実を受け止めてくれた親友の存在が、何にも代え難いものになっていた。今までは、人に知られることが怖かった。奇異な目で見られるのではないか、軽蔑されるのではないかという恐怖が、常に心のどこかにあった。だから、どこにいるかわからない犯人に見られているのではないかという怯えよりも、それ以外の、何も知らない他人の圧迫感というものが、真治の心を押し潰していた。

（だけど、塚越は変わらなかった。俺を守ると言って、今まで以上に優しくなって）

嬉しかった。この喜びは、初めて彼女ができたときよりも大きなものに違いなかった。

塚越はこれまでも真治の親友だったけれど、今では昔以上に深い絆《きずな》があるように思えた。

しかし同時に、同居を始めたことで隠さなければならないことができた。それは真治の性に関することだ。

（塚越は、俺がレイプされて、精神的にひどく傷ついて、ますます性的なことから遠ざかったと思い込んでいる）

本当は、反対なのに。初めての快楽を体に刻み込まれて、嫌なのに、苦痛なのに、それが忘れられずに自らを慰めているなんて。

（あいつがこのことを知ったら、今度こそ本当に軽蔑される。捨てられる）

それは、塚越に深く依存し始めている真治にとって、堪え難い展開だった。時々真治は塚越に抱かれそうになったときの幻覚を思い出す。今まで笑っていた家族や友人たちが、一瞬で悪鬼のような顔になり一斉に自分を指差すあの場面。それは妄想だけに、真に迫っていた。あれが、きっと自分が最も恐れていることなのだ。自分が汚れていることを知った周囲の人々が、優しかった態度を一変させる。そのことがいちばん怖い。もしかしたら、塚越も。そう思うだけで、震えが止まらなくなりそうだ。

しかし、一緒に暮らし始めてすでに一週間が経とうとしている。尻を弄って自慰をすることが習慣になっていた真治にとって、禁欲生活もそろそろ限界だった。

その夜は、塚越が渋谷の創作料理のレストランに連れて行ってくれた。駅前を少し離れて半ば住宅街に入ったところで、小さな看板がなければそこがレストランだとはまるでわからない場所である。

「賑わってる雰囲気も嫌いじゃないけど、こういう、いわゆる隠れ家的なところの方が好きなんだ。落ち着く」

高校時代も色々と連れて行かれたけれど、大抵人でごった返しているような人気店だったので、塚越がこんな静かな場所も好んで入るとは意外だった。スタッフがお勧《すす》めだというコースを頼み、次々に運ばれてくる料理に舌鼓《したつづみ》を打つ。メインの白身魚にたくさんの色鮮やかな野菜が入ったソースがかけられたものは絶品で、真治は久しぶりに疲れを覚えることなく腹一杯に食べた。

「料理も美味しいし、スタッフも親切だな。お前って本当に色んな店知ってる」

「そうか？　まあ、俺が食うのが好きだからな。やっぱ美味い店探したいじゃん」

「ここ、彼女とかも連れて来てるんだろ」

「え？」

真治の問いに一瞬目を見開いて、少し気まずい顔になる。

「ああ、どうだったかな」

「あのさ。俺、ずっと気になってんだけど」

聞きにくいことだが、今がその最適なチャンスだと感じ、思い切って口にする。

「お前、今の彼女とちゃんと会ってる？」

「なにそれ、どういうこと」

塚越は真治の顔を見ずに、牛肉のステーキを切っている。

「だって、俺がお前んとこに世話になってから、お前ずっと俺と一緒に食事してくれてるし、面倒かけっ放しで」

「そんなこと気にすんなよ」

ふいに顔を上げて、塚越は爽やかな顔でにかっと笑う。

「大丈夫だって。その辺は上手くやってっから」

「そっか」

そう言い切られてしまえば、もう何も言えなくなる。真治は更に残った魚の最後の一切れを口にして、ゆっくりと咀嚼《そしやく》した後、小さく喉を鳴らして嚥下《えんか》した。自分のことは何もかも話してしまったのに、そういえば、塚越のことはほとんど何も知らない。大学では何をしているのか、今の彼女はどんな人なのか、相変わらず太田川の一派とは敵対しているのか、天野のことはどうやって調べているのか。一緒に暮らしてはいるが、ただ部屋を提供してもらっているだけで、塚越がどんな生活をしているのか、真治は把握していない。真治が起きたときにはいつもすでに起きている。真治が寝る前に塚越が寝たのを見たことがない。高校の頃には感じたことのない、ミステリアスな感覚を友人に見て、真治はまじまじと塚越を見つめた。

「なに、どうしたの」

視線をやんわりと受け止めて、塚越が微笑む。

「イケメン過ぎて見とれちゃった？」

「うん、まあそんなとこ」

それじゃ仕方ねえな、と親友は破顔した。つられて、真治もくすっと笑う。ああ、今俺は笑ったのか。そんな風に思う程度には、久しぶりに自然に笑顔を作ったような気がした。

「俺、今お前とこうしてることが、本当に嬉しいんだ」

仄赤《ほのあか》いロウソクの光に照らされているせいか、塚越の頬は少し紅潮しているように見えた。俺もそうだよ。そんな風に返そうとして、まるで恋人みたいな会話だ、と思ったら、何も言えなくなった。

名前を呼んで

塚越と初めて出会ったのは、入学式の日のことだ。見事な桜が鳳華院高校の広大な敷地をぐるりと取り囲み、育ちのいいお坊ちゃん、お嬢さんたちが、贅《ぜい》を競《きそ》い合うようにめかしこんだ親に寄り添われて華やかに登校している光景に、真治は圧倒されていた。

真治が鳳華院高校に合格したことは近所でもちょっとした評判で、親も鼻が高いと言って一人息子を褒め称《たた》えた。けれどあまりに世界の違う現実を目《ま》の当たりにして、母親が早々に怖《お》じ気《け》づいた顔をしていたのを、自分が入学するわけじゃないだろ、とからかったのを覚えている。

真治はといえば、今まで出会わなかった種類の友人ができるかもしれないということに、心を躍らせていた。自分でも楽観的なことは自覚しているが、母親の反応を見て、何も怖がらない性格というのも少しおかしいのかもしれないとも思った。

教室に入ると、中学校から上がって来た生徒たちは早々に打ち解けて、気怠《けだる》気《げ》な雰囲気すら漂わせていた。そこにちらほらと緊張した面持《おもも》ちで混じっているのが、高校から編入して来た生徒だろう。エスカレーター組が制服を着崩したり、早々に自分流のアレンジを加えているのに対して、編入組はかっちりと正しく制服を着込んで、ややサイズの合っていないような初々《ういうい》しさもまたその対比を明快にしていた。

真治が教室に入った瞬間、クラスメイト全員の視線が集中するのがわかった。見られることに慣れていた真治は何とも思わず、とりあえず目の合った男子生徒に向かって微笑すると、彼は顔を真っ赤にして慌てて視線を逸らしてしまう。黒板に書かれた席順を見ると、とりあえず名前の順のようだった。自分の席はどこかとその辺りをキョロキョロと見回していると、ぽんと軽く肩を叩かれた。

「よう。席、探してんの」

振り向けば、やたらと背の高い、がっしりとした体格の、派手な生徒がいた。真治が一七〇センチ丁度なので、相手は多分一八〇センチ半ばくらいはあるだろう。

「うん。名前の順だよね」

「お前、名前は？」

「佐藤真治」

「そんじゃ多分あの辺だ」

二列目の最後尾に連れて行かれて、机に貼られた名札を確認すると、確かに真治のものだった。席へ案内した後も、背の高い生徒は側を離れず、自己紹介してきた。

「俺、塚越祐紀」

「塚越か。ありがと。よろしくな」

右手を差し出すと、塚越は快活におう、と頷いて、真治の手をしっかりと握り返してくる。大きな手は、乾いていてとても温かかった。

「祐紀でいいぜ。友達は皆そう呼ぶから」

「あ、そうなのか。なんか名前で呼ぶのって恥ずかしいな」

「え、マジで？　まあ、どっちでもいいよ。俺は真治って呼んでもいいか」

その人懐《ひとなつ》こい笑顔に、真治はこいつとは仲良くなれそうだと思い、嬉しくなった。

「うん、もちろん。塚越って、中学もここ？」

「おう。幼稚園から」

「へえ、年季《ねんき》入ってるなあ」

「はは、何だそれ。こっち来いよ、真治。お前に皆紹介するから」

このときの真治は何も知らなかったが、最初に塚越が声をかけたことで、真治は塚越派と決まったらしかった。塚越が自ら編入組に声をかけるのは珍しいそうで、大分《だいぶ》後になってから、真治は自分が塚越の『ファボ』だと言われていることを知った。それは『favorite』と同じような意味で、つまり『お気に入り』の意のようだ。しかし、それはほとんどが女子生徒に対して使われる言葉だったらしく、少し変な感じがした。

「最初にお前のこと教室で見たとき、マジ天使が来やがったと思ったな。付き合い始めてみたら中身まで天使で、今時こんな奴もいるんだ、ってビビったし」

「俺、別にそんなんじゃないんだけどな」

レストランでの食事を終えてマンションに戻ると、今度は二人で缶ビールを開けて思い出話に花を咲かせた。

「いや、お前は天使だって。誰の悪口も言わないし、何だっていい方向にしか解釈しねえし。いつもニコニコしてるしさあ。言い方とかいちいち可愛いし」

「それってただのアホじゃん。ただ何も考えてなかっただけだよ」

塚越は、きっと真治がなぜ周りにも天使と呼ばれていたのか知らないに違いない。それがいい意味だけではなかったのだと悟ったのは真治自身もついこの前のことだ。

あまりにも久しぶりのアルコールを口にして、真治の舌も滑《なめ》らかになっていた。

「人の気持ちに鈍感《どんかん》だったし。傷つけてるのも、きっと気づかなかった」

「伊織のことかよ」

そのものズバリの名前を言われて、真治は苦笑した。神崎伊織は二年以降は同じクラスにならなかった。あの事件の後は険悪にもならなかったけれど、親しくもならなかった。

奇妙に疎遠《そえん》な関係のまま、クラスが分かれてそれきりだ。

「なんか、悪いことしたな、って思う。最近、あいつのことよく思い出すんだ」

「何でだよ。別にお前、何もしてねえじゃん。あいつがただ突っかかってただけでさ」

「塚越、知ってたのか」

真治は思わず瞠目《どうもく》した。神崎は塚越の前では、あの事件のあった日を除《のぞ》いて、一度もヒステリーを起こしたことはなかった。だから、真治はてっきり塚越本人は何も知らないと思っていたのだ。

塚越は失敗したというような顔をして、悪戯がばれた子供のような調子で肩を竦めた。

「まあな。そりゃ、噂になってたし。俺も、どうしたもんかと思ってた。いくら伊織のやつに言っても、あいつ言うこときかねえんだ」

「神崎に、直接言ってたの」

「ああ、そう。だってお前にやたらと噛み付いてただろ。しかも俺のいないところでだけっていうからさ、悪質じゃんか。やめろって何回も言ったよ。でもあいつ、そんなこと言ってないって白ばっくれやがる。お前だって何も言わねえしさ」

「それは、大したことないと思ったから」

「お前のそういうところが天使だっつってんだよ。あいつ前も気に入らないやついじめて登校拒否に追い込んだことあるんだぜ」

真治は目を丸くした。そんなことがあったなんて知らなかった。自分はそこまでひどいことを言われていただろうか。嫌なことを忘れるようにできている真治の頭は、神崎の中傷を今は具体的には思い出せなかった。

「多分さ、お前が何言っても全然動じねえから、あいつ躍起《やっき》になってたんだよ。そんでどんどんヒステリーがひどくなってさ。伊織って、何だって自分の思い通りにならないと気が済まないやつだったから」

「だって、そのうち収まると思ってたんだ。ずっと怒ってるのって、疲れるだろ。そのうち、神崎も俺のことなんかどうでもよくなるかなって」

「あははっ。あいつも、相手が悪かったよなあ」

塚越は背中を丸めておかしそうに笑い声を上げた。

「まあでも、さすがにゲロぶっかけて、それでも介抱《かいほう》されちゃ、あいつも諦めるしかなかったよな。っていうか、カッコワリィし恥ずかし過ぎだもんな」

「そんなこと言うなよ。あれは、蹴ったやつがやり過ぎたよ。神崎は可哀想だった」

きっと最も傷を深くしたのは、塚越に臭いと言われたことなのに違いない。辛い思いをした上に皆に笑われて、潔癖性の神崎は屈辱《くつじょく》に打ちのめされていただろう。

「お前はそう言うけどさ。俺はあいつのこと、許さなかったよ」

「え？」

一瞬、塚越の目に不穏な光が過ったのを見て、真治はぎくりとした。けれどそれは一瞬だ。塚越はすぐに人懐こい笑みを浮かべて、真治の肩に腕を回してきた。

「なんでもねえ。俺は俺の天使ちゃんを守りたかったの」

「なんだよ、天使ちゃんって」

やめろよ、と真治も笑う。塚越が真面目な顔をするのは苦手だ。暴行されたときのことを告白したときの塚越も怖かった。真治は、周りの皆に笑って欲しい。たとえ自分がどれだけ孤独の深淵《しんえん》に落ちようとも、それだけは変わらない。

「そういえば、天使ってさ。俺が産まれたとき、俺のじいちゃんがそう言ったんだって。今よりも髪とか目の色素が薄くて、本当に天使に見えたみたいで」

「へえ。だけどさ、真治ってクウォーターだよな？　じいちゃん、ロシア人だっけ。そっちの血が四分の一しか入ってないのに、そんなに色素薄くなるもんなの」

「ううん、かなり珍しいみたい。特に俺の目って、今も光の加減でそう見えるけど、産まれたときは紫だったんだ。それって、純粋な白人の中でも珍しい色だから、俺はちょっとアルビノの傾向もあったのかも。日焼けも全然できないし。肌弱いしさ」

「だよなあ。お前の肌って、なんか繊細過ぎて、迂闊《うかつ》に触れない感じ。今だって、お前顔もう真っ赤だぜ。腕もさ。元が白過ぎるからかな」

ビールに火照《ほて》った腕の内側をするりと撫《な》でられて、真治は密《ひそ》かに息を呑《の》む。ここ数日禁欲し過ぎていて、ちょっとしたことで反応しそうになってしまう。

「あの、そんでさ。お前、最近何やってんの」

「何って」

気まずさを悟られないように話題を変えたが、いきなり過ぎたかもしれない。塚越は少し怪訝《けげん》な顔をして、ああ、とすぐ頷いて見せる。

「天野のことか。こないだはとりあえずあいつの妹に会ったよ」

「え、妹？　あ、そういえば、いるって言ってたっけ」

「そうそう。あいつと違って、結構可愛いんだ。美人とかじゃねえけど、無邪気で子供っぽくてさ。もう高校生だけどさ、なんかまだ中学生とかに見える」

「なんで妹に会ったの」

「まあ、色々使って調べてたらよ、最近兄貴に隠れて何かやってるらしくてさ。天野は妹のこと溺愛してるからな。最近遊び過ぎじゃねーかって心配してんだ。お前のこととは何も関係ないかもしれねえけど、一応あの辺全部洗ってる」

「そうなのか」

何やら本格的に大規模な調査をしている気配がして、申し訳なくて真治は項垂《うなだ》れた。

「なんか、色々やらせて、ごめん」

「何でお前が謝るんだよ」

　ぐい、と首に回された腕に力がこもり、引き寄せられる。塚越の爽やかな香水の香りが真治を包む。懐かしさになぜか涙が滲《にじ》む。酔っているせいなのかもしれない。

「俺がやりたいからやってるんだ。お前は、もう忘れたいんだってわかってるけど。でも、明らかに危ないだろうが。お前、まだ狙われてんだろうが」

　急に現実を突きつけられたように思って、ぼうっとする。塚越のマンションに居《い》候《そうろう》を始めてから、真治はどこか夢の中にいるような、ふわふわとした浮ついた気持ちがしている。そういえば、あの写真のことがあったんだ。だから、今ここにいるんだ。そんなことを、今更思い出したように頭の中で繰り返す。つくづく、自分は危機感が薄い。あんな目にあったというのに、塚越という理解者を得ただけで、もうあの馬鹿な「天使」の頭に戻っているのか。

「全部俺に任せろよ」

「うん」

「何も心配しなくていいから。俺が全部やってやるから」

「うん」

　優しく塚越にそう言われて、ただ頷く。そうしている内に、だんだん眠気が押し寄せて、真治はいつの間にか塚越に抱きかかえられながら寝息を立てていた。

＊＊＊

初めて彼女とセックスしたときの夢を見た。彼女の名前は相葉紗理奈《あいばさりな》と言った。違う高校の生徒で、塾の夏期講習で偶然隣の席になったのがきっかけだった。ショートカットの似合う可愛い子だった。何でも物事をはっきりと言う性格で、その上面倒見がよくて、少しぼんやりしている真治のことを放っておけないと言って、しょっちゅう世話を焼いてきた。塾の帰りに夕飯を一緒に食べたり、カラオケに行ったりして遊んだ。もうお互いの気持ちはわかっていたのに、真治は恥ずかしくてなかなか付き合おうとは言えなかった。

「あたしたち、付き合っちゃわない」

とうとう痺《しび》れを切らしてそう提案してきたのは、紗理奈の方だった。真治はすぐに承諾《しょうだく》し、夏期講習の中休みに二人で湘南《しょうなん》の海へ行った。その日泊まった安い小さなホテルで、真治は初めてのセックスをした。ベッドの上で絡み合う最中に、器用に自ら服を脱いでいく紗理奈の慣れた仕草に、彼女に何度かの経験があることを悟って、内心がっかりした。けれど、こちらは付き合うのが初めてだと伝えてあるのだし、却《かえ》って気が楽になった部分もあった。

初めて女の裸に触れて、真治はその柔らかさに妙な感動と、思い込みで構築された知識が崩れていく衝撃を受けて、とにかく無我夢中だった。乾いた肌の中でそこだけ濡れた温かな場所にようやくの思いで侵入すると、その締め付けに真治はすぐに出してしまった。しょげ返る真治に、「嬉しかったよ」「よかったよ」と彼女は優しく慰《なぐさ》めてくれて、萎《な》えた真治のものをフェラチオして再び勃《た》たせ、今度は自ら上に乗った。

一度目より少しは保《も》ったものの、やはりそんなに長くは我慢できなかった。彼女は多分達しなかったと思う。それでも気持ちよかったと言ってくれて、真治は彼女を抱きしめて、心底自分は恋愛していると思った。初めての彼女を大事にしようと思った。無謀《むぼう》だと思うけれども、その夜は、彼女と結婚し、子供をもうけ、一緒に家庭を作る遠い未来のことまで考えたものだ。けれど、現実は真治の思考ほど生易《なまやさ》しくはなかった。

彼女はいなくなってしまった。彼女との最初で最後のセックスをした日から数日後、急に引っ越さなければならなくなったと電話が来て、それきりだ。電話をしても、メールをしても、繋《つな》がらなかった。多分自分は、嫌われてしまったのだろうと思わざるを得なかった。そしてその原因といえば、あのセックスに他ならなかった。

そのときから、真治の中には女性に対してのコンプレックスは根ざしていたのだ。何事もくよくよすることはなかったはずの自分なのに、そのことに関してだけは何度も何度も思い出し、思い悩み、ときには発作的に叫んでしまいたくなるほど、鬱屈《うっくつ》していた。それが、あのレイプで決定的になってしまった。自分は女を満足に抱けず、尻で快感を覚えるような変態なのだ。

「あたしがイけないの、しょうがないよね。だって、真治君はこっちよりお尻の方が好きなんでしょ」

真治の脚の間に這いつくばってフェラチオをしていた紗理奈は、いくら舐めてもなかなか勃起しないペニスに呆れたように、耳の後ろへ髪を掻き上げてため息をついた。

「真っ白な肌の真治君は超ピンクってわかってたけど、この色も萎えるよなあ。女の子のあたしよりよっぽど可愛い感じするじゃん」

桃色の亀頭《きとう》を指で弾いて、紗理奈は苦笑する。違う、そんなことない、こんな色、別に可愛くない。必死でそう訴えようとするけれど、紗理奈に言葉で虐《いじ》められて、真治のそこは初めて芯《しん》を持つ。

「あれ？　やだ、からかわれて大きくなったの？　真治君って、ソッチの人？」

ケラケラ笑う紗理奈。

違う、違う！　大きく首を横に振っているのに、陰茎は触られてもいないのに言葉だけでどんどん成長していく。

「お尻、弄ってあげよっか？　そっちの方がイイんでしょ？」

紗理奈の言葉に、青ざめた。尻を弄られたら、それこそ射精までしてしまう。紗理奈の前で、初めての女の子の前で、そんな変態ぶりを披露《ひろう》してしまうのは、絶対に嫌だ！

ハッと、目が覚めた。全身にぐっしょりと汗をかいている。まるで本当にフェラチオをされたような腰にわだかまる快感と、射精後の気怠さのようなものが、真治の体を柔らかく包んでいた。

そこは缶ビールを飲んでいたリビングではなく、寝室だった。塚越が眠ってしまった真治を運んでくれたのだろう。ベルトを抜かれ、楽な格好にさせられて、ベッドに横たえられている。照明は暗く落とされて、仄《ほの》かな淡《あわ》いオレンジ色の光が広い室内を優しく照らしている。

二つある寝室の内ひとつを自由に使ってくれていいと貸してくれているので、プライベートはきちんと保たれている。他人との接触を嫌っていた真治からすればそれはありがたいことのはずなのに、なぜか今は、塚越と離れていることが寂しいと感じた。

（塚越も、もう寝たのかな）

デニムの中のペニスはゆるく勃起していた。夢の中ではそこまで到達しなかったものの、中途半端に期待させられた肛門がひくりと蠢《うごめ》く。まだアルコールの残ったぼんやりとした思考で、真治は下着ごとパンツをずり下ろした。枕《まくら》に頰を押し付け、尻を天井に向けて立てた姿勢のまま、人差し指と中指をしゃぶって、唾液で濡らす。そっと谷間に指を這わせて、ゆっくりと襞《ひだ》をなぞる。ずぶ、とまず人差し指を入れる。気持ちよさに、真治はうっとりと目を細めた。久しぶりに外から開かれて、待ち侘《わ》びていたように粘膜が絡み付く。

「ふう、ふう」

浅ましい呼吸が漏れる。あまり声を抑えなくても、防音の利《き》いたこの高級マンションでは大丈夫なのだろうが、心理的にあられもない声など上げられない。

すぐに二本目を埋めた。くち、くち、と濡れた音が響く。快感を覚えて膨《ふく》らみ始めた前立腺《ぜんりつせん》に指が当たり、じわっと先走りが滲むのがわかった。そこをこりこりと指の腹で弄ると、途方《とほう》もない心地よさが湯水のように溢れ出す。

「はっ、はっ」

久しぶりの自慰に、真治は夢中になった。あんな夢を見てしまった後だからだろうか。塚越の部屋という頑丈な城にいて、緊張していた体が解《ほぐ》れて、やや開放的になってきたのだろうか。

（ああ、気持ちいい、気持ちいい）

アルコールが自慰の快感を深くしていく。酩酊《めいてい》した頭が肛門の意識に集中する。指は勝手に三本に増えた。ああ、けれど、こんなものじゃ足りない。もっと、もっと太いもの。もっと、奥まで自分を満たすもの。

しなった男根に腹の奥まで犯される様を夢想しながら、真治は無心に指を蠢かせた。入り口が拡げられるのが気持ちよくて、指をバラバラに動かした。ぷりぷりと膨らんだ前立腺を何度もなぞって、意識が薄れそうなほどの大きな快感に酔い痴《し》れた。

　気持ちよかった。こんな感覚を知ってしまったら、戻れなかった。真治は今更ながらにあのレイプ犯に疑問を覚える。普通は自分が気持ちよくなってしまえばいいはずなのに、あの強姦魔は真治を感じさせようとあらゆる手段を尽くしたように思えた。もちろん、無理矢理犯した男を喘がせて、射精させて、悦《え》に入《い》る変態だったのだろうけれど、レイプであんなにも感じるのはおかしかった。犯人がおかしいのか、自分の体がおかしいのかわからないけれど、クスリを使われたとはいえ、あんな風に人生が変わってしまうほどの快楽を刻み付けられてしまうなんて、異常だった。

（ああ、でも、もうそんなことどうでもいい）

　大事なのは、今真治が射精することだ。もうすぐ、もうすぐ何日かぶりの射精ができる。真治は夢中になって尻の中を掻き回した。露骨な音を響かせて、腰を揺すって、目を閉じて尻の快感に集中した。

（あ、あ。もうすぐ、出る）

「そうやって、いつも一人で遊んでんの」

　ドカン、と頭を殴られたような衝撃が走り、真治は一瞬で我に返った。

　今、声がしなかったか。この部屋に、自分以外の誰かがいる。真治は目を開けた。開いたドアの前に、塚越が立っている。

「つ、かこ、し」

「ごめん。水、持って来ただけなんだけど」

塚越は躊躇いなく部屋に入って来て、水の入ったグラスをベッド脇の小さなテーブルに置いた。真治は慌てて飛び起き、半泣きになってまだ勃起したままのものを無理矢理ボクサーパンツの中に収めようとした。

「隠すなよ」

ベッドが大きく弾《はず》んだ。塚越がすぐ側に腰を下ろしている。真治は太腿《ふともも》に下着を引っ掛けたまま、動けなくなった。叫び出したい気持ちに囚われた。

「それ、レイプの後遺症？」

単刀直入に聞かれて、真治は頭が真っ白になってしまい、何も答えられなくなる。

「俺がやってやるよ。どうすればいい」

「へ？」

涙に濡れた目を見開くと、塚越は目をすがめて微笑んだ。

「さっきの姿勢になってよ。その方が楽だろ」

人形《かし》のように自由の利かなくなった体を、ころんとうつ伏せにさせられる。一度は上げかけた下肢の衣服を一気に足先から脱がされて、守るもののなくなった脚に鳥肌が立った。

「塚越、やだ、やだよ」

「嫌なら、目、閉じてろ。俺にされてるんじゃなくて、ただ気持ちよくなってるだけって思えばいいから」

塚越は無茶苦茶なことを言っている。混乱している間に、傍《かたわ》らの棚《たな》の引き出しから何かの容器を取り出し、それをすくって手の中で温めている。

「なんで、こんな。こんなこと、する必要」

「何でもやってやるって、言ったろ」

優しくそう言われたが、そんなのは、ろくな説明になっていない。けれど、何かのジェルに塗《まみ》れた指が優しくそこに触れただけで、真治は何も考えられなくなった。

「んうっ」

周辺を探られて、そのささやかな刺激だけで、先端からぷくりと蜜が丸く盛り上がる。くと中に入って来た太い指に粘膜を探られ、真治は甘い息を吐いた。久しぶりの他人の指の感覚はひどく鮮烈で、閃光《せんこう》のようにレイプされたあのときの感覚がフラッシュバックする。時間をかけて尻を解されたあの初めての感覚。真治は泣きながらよがっていた。やめて、何でもするから、助けて、とプライドも何もなく懇願《こんがん》していた。まざまざと蘇るその記憶に、頬を熱い涙が伝い落ちていく。

「柔らかいな」

囁かれた言葉に、我に返った。普段からアナルを弄っていたことを揶揄されたように思って、顔中がかっと熱くなる。

「いいんだ、可愛いよ」

「馬鹿なこと、言うな」

「本当に可愛い。真治は何だって可愛い。全部、食っちまいたいくらい、可愛いよ」

優しく背中を擦られながら、太い指が尻の中で蠢く。顔を枕に押し付けたまま、あ、あ、と小さく声を上げた。その指が前立腺を掠《かす》めたとき、自然と腰が大きく跳ねた。すると、ここがいいのか、と笑って、塚越はそこばかりをなぶり始めた。

「だめ、だめだ、そこ、ばっかりは、だめっ」

「だめなの？　でもお前、こっち、すごいよ」

限界まで張りつめたものを大きな乾いた手に包まれて、真治は目を見開いた。

「うっ、ううーーっ」

「お、っと」

射精は、突然だった。塚越の手の中に、どくどくと溜《た》めに溜めた精液を吐き出した。

「すげえな。指、千切《ちぎ》られるかと思った」

射精の快感に、同時に尻の中が蠕動《ぜんどう》していた。きゅうきゅうと塚越の指を食い締め、貪欲に快楽を貪《むさぼ》った。

「もっと、して欲しい?」

甘い声だった。涙にまみれた頬にそっと口づけをされて、真治はぼんやりと目を開けた。仄暗い照明の中では、近すぎる塚越の顔がよく見えなかった。夢見心地のまま小さく頷くと、唇に柔らかなものが吸い付いてくる。

「ん、ふ」

鼻にかかった吐息が漏れた。にゅるりと差し入れられた舌を、夢中で吸った。塚越の唇はぽってりとして柔らかかった。歯を舐め、口蓋《こうがい》をなぞられて、真治は法悦《ほうえつ》に浸《ひた》った。尻に入れられたままの指の圧迫感が増えている。下の方でくちゅくちゅと間断《かんだん》なく音が響いている。容赦なく前立腺のしこりを揉まれて、息が獣のように荒くなった。

「いいか、真治。辛くないか」

キスの合間に、塚越が囁く。真治は掠れた高い声で、いい、いい、とただ繰り返した。一度精を放ったペニスは再び勃起している。尻の奥が疼《うず》いていた。自分よりも太い指に愛《あい》撫《ぶ》されて、貪婪《どんらん》な肉体がもっと深い刺激を求め始めていた。

「おい、真治」

真治は指を塚越の下肢へ這わせた。指先は、驚いて腰を引こうとするが間に合わなかった友人の固く膨らんだ股間《こかん》に触れた。

「塚越も」

名前を呼ぶと、ごくりと唾を飲む音が生々しく響いた。

「いいのか」

低く嗄《しゃが》れた声だった。この声は誰だろう、と真治は思った。淡い光の世界に包まれて、真治はまるで夢を見ているような気持ちになった。

「欲しいんだ」

自分でもぞっとするほどの甘えた声が漏れた。欲しかった。ずっと欲しかった。通販で男根《だんこん》を模《も》したディルドを買いそうになって、何度も止《や》めた。キュウリや茄子《なす》を手に、シンクの前で立ち尽くしたこともあった。手のひらに伝わる冷えた感覚に、虚しくなって諦めた。

欲しいのは、体温を持った、男のペニスだった。

あの絶望的な夜のように、気が変になるほどの快楽が欲しかった。

そして今、側に「何でもしてやる」という友人がいる。なぜ、という疑問は湧《わ》いて来ない。その前に、烈しい欲望が胸を焼いているからだ。

「いいのか」

勃起したペニスにゴムをかぶせ、ジェルを塗りたくりながら、再び男が声を震わせる。

薄暗い照明を背にしたシルエットの、その反《そ》り返る長大なものを見て、真治は頭がおかしくなりそうになる。ああ、あれが欲しい。早く欲しい。唾液を何度も呑み込んで、喘ぐよ

る。そしてすぐに、じゅぽ、という露骨な音を立てて、信じられないほど巨大なものが侵入してくる。
て消えた。仰向《あおむ》けになった体勢で腰を持ち上げられ、尻の合間に濡れた塊を押し付けられ
　腕を伸ばすと、黒い大きな影が覆《おお》い被《かぶ》さってくる。目の奥で、強姦魔の気配が揺らめい
「早く」
うに真治は囁いた。

「はあっ」

　指など比較にならないほどの感覚に、真治の頭は真っ白になった。じゅぶ、じゅぶ、とジェルのぬめりを借りて、凶暴なものが奥へ奥へと沈み込んでくる。入り口が引き裂かれるように拡張され、じくじくとした痛みを訴える。あり得ないほど奥まで埋められる男根の存在感に、頭がおかしくなりそうになる。

（ああ、犯されてる。レイプされてる。あの夜だ。また、あの夜が来たんだ）

「真治。平気か。大丈夫か」

　あの夜の妄想に囚われかけ、一瞬錯乱《さくらん》しかけた真治の意識を、親友の苦しげな声が引き戻す。

「あ。塚越」

　その名前を口にして、思い出した。そうだ、今自分は親友に抱かれているんだ。レイプ

じゃない。優しい友人が、こんな淫《みだ》らな自分を慰めてくれているんだ。気持ちよくしようとしてくれているんだ。

「いい、いいから」

「苦しくないか」

「いいんだ、いい。動いて。めちゃくちゃにして」

本当にめちゃくちゃにして欲しかった。余計なことを考えられなくして欲しかった。AVで見た淫乱な女のような台詞《せりふ》だと後で気づいたけれど、もうどうでもよかった。

「ああ、すげえよ。やばいよ、真治」

うわずった声で喘ぎながら、塚越は動き始めた。深く大きく動かされると、内臓ごと引きずり出され掻き回されるようで、生理的な吐き気とそれを上回る被虐《ひぎやくてき》的な快感に意識が混濁《こんだく》した。奥をどんどんと突かれるように力強く腰を打ち付けられると、原始的な感覚に突き動かされるように、大きな声が出てしまう。

「あああ、ああ、いい、いいよお」

真治は泣き叫んだ。頭を打ち振って、ヒイヒイと喚いた。大きく張り出した傘が浅い部分にある前立腺の膨らみを押し潰すようにもみくちゃにして何度もごりごりとこね回すと、異常なほどの汗がドッと全身の毛穴から噴き出すのがわかった。シャツはすでに水に浸《つ》かったようにぐっしょりと濡れて、肌に貼り付いている。

「ひいい、いい、やだあ、そこ、だめ、やああ」

「いいんだろ。だめじゃなくて、ここが好きなんだろ」

「だめ、だめ、あ、ひあああ」

ビシャビシャと鯨《くじら》の潮吹《しおふ》きのように夥しい精液が真治の胸を汚す。

「う、くっ、あ、出るっ」

烈《はげ》しい締め付けに、塚越も小刻みに腰を動かした後、最奥《さいおう》に突き入れたままビクビクと数回震える。

「はあ、はあ、やばいよ、真治」

脱力して、真治の上にのしかかる。男の汗の臭いが、靄《もや》のように鼻腔《びこう》を濡らす。何かがフラッシュバックして、恐ろしい記憶に引きずり込まれそうになるのを、塚越の忙しない吐息に引き戻される。射精の快感に痙攣しながら、真治は塚越の逞《たくま》しい肩を噛んだ。鈍いうめき声が上がり、塚越は真治を枕に押し付けた。深く情熱的に口を吸い、荒い息を食べ合いながら、舌を、唇を貪った。真治の中の塚越の男根は再び膨張《ぼうちよう》していた。腰が無意識の内に揺れていた。

一度引き抜かれて、うつ伏せにされる。塚越はゴムを取り替え、再び大量のジェルを塗りたくり、今度は後ろからずぶりと太いものを挿入《そうにゆう》する。

「ひいあああ」

先ほど射精したばかりなのに、塚越のものはもう逞しく反り返っている。じゅぼじゅぼぐちゅぐちゅと快楽に蕩《とろ》ける尻の中を捲り上げられて、真治はシーツを掻き毟《むし》って恥も外聞もなく乱れ、泣き叫んだ。

「いいのか、真治。こっちも、気持ちいいか」

「いい、いい、いいよう」

「どっちがいい。前からか、後ろからか」

「あ、あ、どっちも、どっちもいい、あ、あ」

パンパンと肉と肉のぶつかり合う音がする。後ろからされていると、顔が見えない分、より犯されている感覚が強くなる。

(あのときと違ってクスリも使われていないのに、俺は)

大量に二度出しても、真治のペニスは呆気なく勃起した。触れられていないのに、尻に男根を咥《くわ》え込んでいるというだけで、体が興奮しているのだ。

「真治、真治ぃ、ああ、可愛い、可愛いよ」

うわごとのように、背中から可愛い可愛いと蜜のような言葉が降ってくる。愛《いと》おしげに尻を撫で回され、太いペニスを呑み込んでいる肛門を優しくなぞられると、あまりの心地よさに真治は腰をくねらせた。丸い双《ふた》つの尻朶《しりたぶ》を揉み合わされるように鷲掴《わしづか》みにされて、そのまま円を描くようにこねられて、より大きなものを挟み込んでいる感覚が強くなり、真治は大きく喘いだ。小指のリングの冷たさが、塚越を感じさせて、背徳感《はいとくかん》を煽《あお》った。そのとき、頭の中が水に沈み込んでしまったように、ぼわんと虚ろになった。

(思い出したくない、思い出したくない)

何かを振り切るように、真治は快楽に没頭《ぼっとう》した。

「ああ、あ、また、また、出る」

「いいよ、出せ、好きなだけ、いっちまえ」

尻を乱暴に揉みながらぐちゃぐちゃと腰を回されて、真治の背筋が強張る。

「ううっ、ううう!」

限界まで膨らんだペニスが、ほとんど透明な精液を噴き出す。背後で低く呻《うめ》く声が聞こえて、尻を揉む手のひらに力が籠もる。射精すると、中を締め付けてしまうのか。どこかで客観的にそんなことを考えながら、真治は吐精の甘さに酔い痴れた。

余韻《よいん》に浸《ひた》る暇もないまま、塚越は挿入したまま真治を横抱きにして、片足を腕に抱き込み、ゆっくりと味わうように腰を揺らし始める。

「これは? どう? いいか?」

くち、ぐぷ、と結合部から白く泡立ったジェルが漏れる。ねっとりとした腰使いに、真治の尻は蕩けそうになる。

「ん、いい、気持ちいい、ああ、すごい」

もう真治の陰茎は勃っていない。それなのに、甘い絶頂に飛び続けている。さっきの射精から、ずっと精液が止まっていないような、垂れ流しの快楽にずぶずぶに沈んでいる。

「塚越、あ、まだ、大きい、すごい」

「真治、祐紀って呼んで」

耳に滴る甘い蜜のような声に、真治は涙ぐむ。

「ゆうき」

「うん、そう、もっと」

「ゆうき、ゆうき、あ、あっ」

片足を抱え込んだ手が、そのまま汗に濡れたシャツをくぐって、乳首をまさぐる。もう片方の手も真治の体の下をくぐって、両方の乳首を同時に刺激される。

「う、うう、や、そんな、とこ」

「でも、いいんだろ。中、動いてるよ」

「だって、ゆうきが、変な風に、あ、ああ」

ぷっくりと膨らみ、固くしこった乳頭を、指先で転がされる。その感覚に尻の奥まで甘い甘い快楽が電流のように走り、狂おしいもどかしさに真治は身悶《みもだ》える。

「やあぁ、ああ、あん、あ、はあ、ああ」

「もっと喘いで。可愛い声、聞かせて」

乳首を摘まむ指先に力が籠もる。きゅうんと下腹部に突き抜けるような悦楽に、萎えたままの真治のペニスがとろとろと涙を流す。蠢く粘膜の締め付けを楽しむように、塚越は腰を回す。真治はビクビクと震えながら、自ら腰を男のものに押し付ける。首筋を舐める塚越の舌にすらひどく感じて、全身が飴《あめ》のように溶けてしまいそうな感覚に溺《おぼ》れる。

「いいっ、ああ、ゆうき、ゆうき、もっとお」

「可愛いな、真治。ああ、可愛い、可愛いよ」

何度も何度も可愛いと囁く塚越。その言葉は、まるで魔法のようだった。淫らな己の体を忌《い》まわしいと思っていた真治の意識を深い海の底に沈めてしまって、わからなくしてしまう。

「ああ、俺も、俺も、また、いく」

塚越は食い締めた歯の間から呻いて、ずぶ、ずぶ、と重く深く真治を突き上げた。

「あ、ふあぁ」

蕩けた腹の奥で、塚越が脈打つのがわかる。真治はうっとりとその感覚を味わった。

塚越に抱かれている間、真治に自己嫌悪はなかった。ただずぶずぶに甘やかされて、溺れさせられて、快楽の柔らかな褥《しとね》に深く埋もれていた。

「立て続けにやっちまったな。大丈夫か」

塚越が萎えたものを引き抜いて、ゴムを取り、入り口を縛ってゴミ箱に放る。その手慣れた作業を眺めながら、真治は仰向けになって天井を見つめた。その上から、塚越が覆い被さってくる。

「服、気持ち悪くないか。脱いじまおうぜ」

「うん」

塚越に手助けされながら、皮膚に貼り付くシャツを脱ぎ捨てる。塚越も性器を露出しただけの格好から全裸になって、再び真治に抱きついた。張りつめた塚越の筋肉の重みが心地よくて、真治はその逞しい腰に再び脚を絡ませたい欲求に駆られた。

「尻で感じるのって、きつくないの」

「うん。なんか、疲れるんだけど、普通に出すのよりずっといい」

「どんな感じ」

「言葉じゃ、上手く言えないんだけど」

「女みたいなのかな」

「女になったことないから、わかんないよ」

そうだよな、と言って、塚越はくすくすと笑う。しばらく真治の睫毛や頬を唇で探ったり、指で撫でた後、その感触を確かめるように、大きな手のひらを胸の方へ這わせていく。

リングの冷たい感触にゾクゾクする。塚越の母親の形見。その人に似ているという自分。だから、塚越は自分のためにこんなことまでしてくれるのだろうか。気怠い快楽がまだ尾を引いていて、思考が明確にならない。ただ、塚越に触れていたかった。触れられていたかった。これが愛おしいと思う気持ちなのだろうか、と漠然《ばくぜん》と思った。

「お前の肌って、不思議。柔らかいのに、張りがある。撫でてるだけで勃起しそう」

「祐紀のと、そんなに違うかな」

「俺のは固いじゃん。お前みたいなの、もち肌っていうのかな。ずっと撫でてたい」

塚越はゆっくりと肌を撫でながら、ずず、と体を下へ滑らせ、真治の胸に頬を寄せた。散々弄った乳首を指先でぷるぷると左右に跳ねさせている。その子供のような遊び方に、真治は笑った。

「祐紀、乳首、好きだな」

「うん。お前の可愛い。ぷっくりしてて、吸い付きたくなる」

ちゅうっと強く吸い付いて、れろれろと舌先で遊ばれる。

「あ、やだ、そんなに、されたら」

塚越の腰も妖《あや》しく蠢く。収まりかけた欲望が再び火を噴いた。ふうふうと息が荒くなり始め、脚の間に太い胴体が割り込んでくる。ジェルをぶちまけて、蕩けたそこに再び滾《たぎ》ったものがにゅうっと押し込まれる。

れて、尻が快感に引き攣《つ》って
いる。
「ん、ふううっ」
全身の肌がぞわっと粟立《あわだ》つ。太いものに奥の奥まで満たされて、尻が快感に引き攣《つ》って
いる。
もう、何度目の交合だろうか。どうして、どちらも飽きないのだろうか。疲れ果ててい
るはずなのに、欲情の波は後から後から押し寄せて、終わりが見えなくなっている。
「真治、ここ、ほんと好きな。指で触ったときも何かしこってたけど、ここ、何て言うん
だっけ」
へその裏側あたりにある前立腺をごりごりと抉られて、目の前が真っ白に弾けた。
「やあ、あああ、そんな、だめ」
「気持ちいいなら、いいだろ。ほら、ほら」
「ひ、ひい、あああああ」
ぐちゃ、ぐちゃ、ぐちゃ、と粘《ねば》ついた音が永遠に耳から離れないような気がする。真治
は必死で塚越の首に腕を回し、脚を絡ませ、口を吸い合って、蠢いた。
一晩中、セックスしていた。どれだけ時間が経ったのかわからなかった。塚越は何度出
しても萎えなかった。真治は記憶をなくすほどに絶頂に達していた。
ドロドロに混じり合って、くたくたに疲れ果てて、一眠りしてから一緒にシャワーを浴
びた。その後は、塚越の部屋の方へ行って、乾いたシーツの上に二人で横になった。真治

は夢を見る暇もないほど、深く眠った。

＊＊＊

目が覚めたのは、昼過ぎだった。気づけば隣に寝ていたはずの塚越はいなくなっていて、キッチンの方からベーコンを焼くいい匂いがしてきた。バスルームからは洗濯機の回る音が響いている。本当に、この完璧な親友は何でもかんでも先回りして片付けてしまう。

「ん、起きたの」

一度自分の部屋に戻って、楽なTシャツとハーフパンツを身に着けてリビングに顔を出すと、塚越が料理の手を止めて歩み寄ってくる。

「俺、なんか手伝うよ」

「いいって。お前は座ってろよ。ああ、一応、薬塗っといた。長い間ハメ過ぎて腫《は》れてたから」

生々しい言葉に、昨夜の自分の痴態を思い出して、真治は頬を紅潮させる。塚越は頬を緩めて、真治を優しく抱きしめた。

「ごめんな。なんか、夢中になっちまって。やり過ぎたよな」

「ううん、俺の方こそ」

何かを言い出そうとしても、言葉にならなかった。様々な感情に胸を締め付けられて、苦しかった。

「どうした、真治」

少し体を離して、塚越は気遣わしげに真治を見た。

「後悔してんのか」

後悔、なんてものじゃなかった。一瞬、消えてしまいたいほどの罪悪感が真治を支配していた。

（一度は、踏みとどまったのに）

最初、ハッタリで自分を抱けと塚越に迫ったとき、実際にベッドに押し倒されて、真治はパニックに陥《おちい》った。けれど、どうして昨夜はできてしまったんだろうか。全てを話して、塚越に深く依存するようになってしまったせいなのか。それとも、酔っていたからなのか。普通じゃない方法で自慰をしているところを見られてしまったからなのか。

（親友だったのに）

もう、あんな風に交わってしまったら、元に戻れるわけがない。

（こんな俺を、天使だなんて言ってくれていたのに）

「天使じゃなくて、ごめんな」

ぐるぐると様々な言葉が頭を巡《めぐ》った結果、ぽつりと口から出て来たのは、そんなとぼけた謝罪だった。けれど、この台詞が、いちばん言いたいことを表しているような気がした。

けれど塚越は、キョトンとして真治を見つめた後、破顔した。

「ばか、何言ってんだ」

やや乱暴に真治の頭を撫でて、鼻先にちゅ、と音を立ててキスをする。

「お前は、今だって俺の天使だよ」

真治は困惑して友人を見上げた。あんな風にあられもない声を上げて乱れたというのに、
それでも自分にそんな神聖な価値があるというのだろうか。けれど、そんな真面目な疑問
は、友人の一言で掻き消された。

「だって、お前は俺を何度だって天国に連れてってくれただろ」

「なんだ。オヤジギャグかよ」

「ちげえよ、マジだって」

慌てたように、塚越は真面目な表情を作って言った。

「俺さ。お前のこと、ずっと好きだったよ」

「え？」

何か妙な言葉を耳にした気がして、真治は首を傾げた。

「だって。お前、彼女」

「そりゃ、言えるわけねえじゃん。あのときお前は手の届かない天使だったし、そんな告

白なんかしたら、友達だってやめられちまうと思ったから。でも、他の誰かなんて好きになれるはずなかったから、適当に取っ替え引っ替えしてさ」

塚越が、自分に惚《ほ》れていた。それなのに、ずっと一緒にいた神崎の恋情には気づかなかったのだ。結局、真治を必死で塚越から遠ざけようとしていた神崎の直感は正しかったということになる。というよりも、知っていたのだろうか。誰よりも近くで塚越を見てきたのだから、きっとその変化には敏感だったはずだ。神崎は塚越が好意を寄せているのが誰か、知っていた。だからあんなに必死だったのか。

「ひどい奴」

神崎の気持ちに気づかず、女の子を玩具にした塚越も。結局、塚越を利用して欲望を満足させた自分も。

「ああ、そうだよ。でも、別によかったんだ。誰にどう思われようと、俺はお前の側にいられれば」

確かに、塚越は自分に何でもしてくれた。徹底的に甘やかして、優しくして、まるで親鳥が口を開けたままの雛に餌を与えるように、至れり尽くせりのサービスを日常的にしてくれていた。いつしかそれが当たり前になってしまって、真治は何とも思わないようになっていたけれど、やはりあれは普通の友人の範囲を超えていたのだ。

「もしかして、今は彼女、いないのか」

「いないよ。お前が引きこもるようになってから、女に構ってる暇なかったし」

「どうして、俺のことなんか」

「言っただろ。お前は俺にとって外見も中身も天使だって」

真治は塚越の左手の小指を見た。死んだ母親に似ているという自分は、いまだに塚越にとって清らかな存在であることに変わりないのだろうか。あんなことをした後なのに、どうして今でも自分などを天使などと呼べるのか。

「それに、最初からそういう意味で好きだったんだから、そりゃやりたいと思ってたし、俺に抱かれてくれたんだから、お前はますます天使だろうが」

「――変な奴だな。塚越は」

ふいに、塚越はむっとした顔になる。

「祐紀だろ。ほら、やり直し」

「え？」

「名前で呼べって、言っただろ」

ああ、と昨夜のことを思い出す。今までずっと名字で呼んでいたのに、セックスの真っ最中に名前で呼んでと乞《こ》われて、よくわからないままに承諾したのだった。

「祐紀」

「そうそう。これからずっとそれな」

「なんか、慣れないよ」

「これから慣れればいいだろ。ずっと一緒にいるんだからさ」

塚越は再び真治を抱きしめた。胸からはいつもの香水ではなく、香《こう》ばしいベーコンの香りがする。

「お前のこと、ずっとずっと大事にするから。何でもしてやる。何だって叶《かな》えてやるから」

これはもしかして、恋人として付き合うということなのだろうか。確認すると怒られそうな気がして、真治は黙ってされるがままになっていた。

欲望に押し流されてセックスはしたけれど、塚越のことをそういう意味で好きかどうかというのは、よくわからない。けれど、誰よりも依存しているのは確かだったし、心の脆くなったこの体では、塚越の支えなしではきっと立っていられないだろうとも思えた。何よりも、こんな自分をいまだに天使だと言って受け入れてくれる人間は、きっと塚越の他にはいない。そう思ったら、得難《えがた》い宝物を手に入れたような心持ちになった。

「ありがとう、祐紀」

嬉しい、と囁いた真治の口を、塚越は情熱的に塞《ふさ》いだ。

収束

真治と塚越は恋人関係になった。最初は、犯人を見つければ元のアパートに戻ってもいいと言っていた塚越は、どうせ同棲することになるのだし、あんなところはもう引き払ってしまえばいいと言い始めた。すでに依存し切っている真治ではあったが、それでは完全に囲われているような気分になってしまって、あまり気は進まなかった。しかし、引きこもっていたり写真を送りつけられたり、嫌な思い出のある場所よりも、事件が解決したらまた違う場所を探せばいいだけ、と言いくるめられて、結局かつての住処《すみか》を引き払ってしまうことになった。

「あら、そう。いいじゃない、塚越君は親友だったものね」

友人と同居することを実家に伝えにいくと、母親はあっさりと承諾《しょうだく》してくれた。けれど、父親はどこか渋い表情だ。

「しかし、あの塚越グループの御曹司だろう。一体どんな高級なところに住んでるんだ。家賃はまさか向こうが全部払ってくれるのか」

「っていうか、賃貸じゃなくて、買ったらしいんだ。自分で」

「え、大学生で！　すごいわねえ。スケールが違うわ」

「生活レベルが違い過ぎるだろう。お前の常識が毒されないか、心配だよ」

それを言われるなら、すでに高校時代で毒されている。息子の持ち物がどんどん豪華になっていくことに、親は意外と気づかないものなのか。

「あの子、あんたがちょっとおかしくなってたときにも、頻繁《ひんぱん》に来てくれてたものね。本当に、お友達ってありがたいわよね」

「うん。塚越は、優しいよ」

しまいには、疼く体まで慰めてくれるほどに。

塚越に抱かれるようになって、真治の心には、徐々に後悔と罪悪感が生まれていた。前から好きだったと言われても、それはきっと錯覚のようなもので、疑似恋愛のようなものだったと思う。母親に憧れて、たまたま似た顔の人間が男だったものだから、手に入れられずに、どんどん気持ちだけ育っていってしまったのだ。あの夜のきっかけを与えなければ、きっとそれは幻想の恋で終わったはずだった。自分が親友を道ならぬ関係へ引きずり込んでしまったことは明白で、塚越に優しくされればされるほど、心苦しくなっていく。

「せめて、そろそろバイトは始めたらどうだ」

「うん、そうだね。探してみるよ」

父親の言葉には、最後まで拭《ぬぐ》い切れない不安が滲《にじ》んでいた。それは息子が金持ちの友人の生活スタイルに影響されて、浪費家になってしまわないかという心配からだろうか。母親は昔から塚越のことを気に入っていたので、深く考えずにその好意をありがたいと言って喜んでいる。自分の元々の性格は、間違いなくこの楽観的な母からきたものだろう。

「ああ、そういえば」

ふと思い出したというように、母親がぽんと手を合わせる。

「今日のお昼ね、あの子見たわよ。真治の彼女だった女の子」

「え、本当に？　この近所で？」

「ええ、そう。確か急に引っ越しちゃったのよね？　親の実家はこっちかもしれないし、何かの用事で戻ってきたのかしらね。お盆《ぼん》はもう少し後だしねえ」

一度家に遊びに来たこともあるので、両親は真治に彼女がいたことを知っている。情けないので引っ越した後音信不通になってしまったとは言っていないが、まさか母親から彼女についての情報がもたらされるとは思っていなかった。

(別に、会ったってどうにかなるわけじゃないけど)

未練はもうほとんどないし、彼女も別に自分には会いたくないだろう。けれど、できることなら、どうして連絡先を変えてしまったのかということは聞いてみたかった。別に曖昧な返事でも、何でもいい。ただあのときのことを聞くだけで、自分の中で彼女との夏が治は完全に整理できる気がしていた。

「ねえ、あんた今、彼女はいるの」

「えっ」

藪《やぶ》から棒に今最も聞かれたくない質問をされて、真真治は苦笑いする。

「いや、彼女は、いないよ」

「どうしてかしら。そんなに可愛い顔に産んであげたのに」

「真治はあれだろう。草食系、ってやつだろう。今時は女の子の方が強そうだからな」

「そうかしら。ギラギラした男よりも、真治みたいなフェミニンな子の方が好かれるんじゃないの。だってほら、今アイドルだって何だって、皆女の子みたいな顔してるじゃないの。男臭い男はもう古いのよ」

「そんなんだから今少子化になってるんだよなあ。女みたいな男が増えて、国もどんどん弱くなるじゃないか。全く、大体今の若い奴は――」

両親が好き勝手に討論し始めているのを尻目に、真治は自分の将来のことをぼんやりと考えて、やるせないため息をつく。今後、自分がまともに女の子と付き合うことなどできないとわかっているからだ。一人息子なのに、将来親に孫を抱かせてあげられないかもしれないと思うと、やはり辛かった。

＊＊＊

「おっ、すげえ！　真治、ちゃんと料理できんじゃん」

「失礼だなあ。人並みにはできるよ。まあ、レシピ見ながら四苦八苦だったけどさ」

いつも作らせているのは悪いと、気づけば勝手にキッチンに立ってしまう塚越に前もって「今日は俺が作る」と宣言していたため、かつて一人暮らしで週に二回作ればいい方だった真治も、張り切って献立《こんだて》を考えた。トマトとモッツァレラチーズのサラダに、ジャガイモのビシソワーズ。豚肉のマスタードソース添えに、買ってきたフランスパンを焼いてオリーブオイルの小瓶《こびん》と小皿と一緒に出した。

「これ、ネットで見て作ったの？」

「そういうのもあるし、後は母さんに教えてもらったのとかかな」

「へえー。母親が息子に教えてくれるんだ。なんかいいなあ、お前んち。母さん美人だしなあ」

「祐紀はどうやって料理覚えたんだ？」

「俺は独学。ただ単に、食いたいもの自分で作れたらいいなって思ってさ」

「それってすごいよなあ」

「そう？　でも美味いレストランで食べたりすると、これ家で作れたらいいなって思うじやん」

「そりゃ、思いはするけど、実際は作れないよ。基本がないとそもそも調理の仕方もわかんないしさ。あと、舌も肥《こ》えてないと、材料がなんだかわかんないし」

「ああ、それはそうかも。その点は、親に感謝しなくちゃな。外食ばっかだったけど、一応どこも一流だったしな」

塚越は、母親に料理を作ってもらったことがないのかもしれない、と真治は思った。家に遊びに行ったときも、専業主婦のはずの母の姿はなく、お母さんはと聞くと、イタリアかフランスじゃねえの、と素っ気なく返ってきた。

ふと、塚越と敵対していた連中に聞かされた話を思い出す。あれが本当だとすると、塚越の現在の母親は、赤の他人ということだ。「おふくろの味」など知らなくて当然なのかもしれない。そういえば、高校の頃も自分の弁当を珍しがって卵焼きを欲しがっていた。

「じゃあ今度は家庭料理的な和食とか作る?」

真治は少し同情的な気持ちになって、気がつけばそんなことを口にしていた。

「俺、てっきり祐紀はあんまりそういうの食べないと思ってたから、今回は洋食にしたけど。母さんに教えてもらったのって、実はほとんどが煮物とかの和食なんだ」

「え、食う食う!　そういうのなんか憧れる!」

勢いよく食いついてきた塚越に、思わず笑った。さっき出した料理も、もうほとんど空《から》になっている。作った方としては、たくさん食べてくれると嬉しい。それにしても、本当に食べることが好きな奴だ。

「それにしてもさ、祐紀ってよく食べるけど、全然太ってないよな」

「ああ、そう？　ま、スポーツは軒並《のきな》み好きだし、暇なときジム通ってるからかなぁ」

「ジム？　どこの？」

「あれ、言ってなかったっけ。このマンションにあるんだけど。お前も体動かしたいなら行ってみたら？　色々マシン揃ってるし、プールなんかもあるぜ。サウナもあるし。住人しか利用できないようになってるから、変な奴も来なくて安心だろ」

「へえ、すごいな。行ってみたいかも」

　マンションの中に住人専用のジムまであるとは、つくづく一般人向けからはかけ離れたマンションだ。自分一人の力では一生かかってもこんなところには住めなさそうである。それを大学生になったばかりの塚越が自分の金で買ったというのだから、天に二物も三物も与えられている人間というのは存在するものだ、と真治はいささか虚しくなった。

「あー、美味かった。真治、いい奥さんになれるよ」

「それを言うならお前の方がめちゃくちゃいい奥さんだろ」

「俺は奥さんってキャラじゃないの！　ところで、食後のデザートは？」

「あ、悪い。忘れてた」

塚越が甘いものを欲《ほっ》するとは思わなかった。ここで食事をした後は大抵《たいてい》酒を飲んでいて菓子やフルーツなどは常備していない。確かそう甘党でもなかった気がしたが、今日はデザートが欲しい気分なのかもしれなかった。

「その辺で何か買ってくる」

「いいよ、そんなの」

財布を摑んで外に行こうとした腕を捕まえられて、真治は怪訝《けげん》な顔で振り返る。

「でも、冷蔵庫に甘いもんなんてないぜ」

「もっと甘いのがあるだろうが。ここにさ」

顎を自分に向けてしゃくられて、ようやく真治はその意味を理解して、脱力する。

「お前って、なんかオヤジギャグの頻度《ひんど》多くないか」

「なんか真治相手だと、そういうこと言いたくなっちゃうんだよなあ」

真治をわざと嫌がらせようとしてニヤニヤといやらしい笑みを浮かべている。ふと、こんなやり取りをしていると、普通の友人だった頃とあまり変わらないな、と不思議な感覚に陥《おちい》る。

「そうだ、なあ、エプロンつけてきてよ。料理の最中、してただろ」

「え、何で」

「いいじゃん。あれつけた真治、ちゃんと見たい。なんか新妻のコスプレっぽいじゃん」

「またそういうオヤジみたいなこと言って」

真治は料理をする前に、服が汚れるからと塚越に新品の白いエプロンを渡されていた。胸元や裾《すそ》にフリルがついていて、随分少女趣味だなと少し不審に思ったけれど、初めから後で別の目的で楽しむために買ってきたものだったのだろう。

塚越が引き下がりそうにないので、真治は仕方ないなと諦めて吊るしてあるエプロンを取りにキッチンへ戻った。

「これでいいのか」

腰のリボンを結びながら居間に戻ると、塚越は歓声を上げて大げさな拍手で出迎える。

「やっぱいいなあ。お前には白いエプロンが似合うと思ってたんだ」

腕を引いて近くに寄せ、上から下まで熱心に眺める。摑まれた手首が、じっとりと湿《しめ》っているような気がする。次第に雰囲気が重苦しくなる。今までふざけていた塚越の目に、男の欲望が浮いている。

「下、脱いで。全部」

甘えるような声に、抗《あらが》えない。言われるままにパンツと下着を脱ぐと、塚越はポンポンと自分の太腿《ふともも》を叩き、ここへ乗れと促《うなが》した。

「変なシチュエーション」

Tシャツとエプロンだけつけて、下半身は裸のまま、しっかりと服を着た塚越の膝に向かい合わせで座っている。脚を開いて乗るように指示されたので、塚越のカーゴパンツの上に剝《む》き出しの性器が密着してしまっている。

「いいじゃん。こういうの、すげえ興奮する」

「お前って、相手にコスプレさせせんの好きなの」

「別に、そんなことねえけど。でもお前のエプロン姿って、いいわ。可愛いし、エロい」

「エプロンがエロいだなんて、聞いたことないよ」

「そう？　でも、こうしてさ」

塚越の手が、シャツを捲《まく》り上げる。熱い手のひらが薄く浮いた肋骨《ろっこつ》を這い、まだ柔らかな乳首を撫でる。

「エプロンの下からいじると、なんかやらしくない？」

「フェチってやつなの、これ」

「俺は真治フェチだよ。お前がやるなら、何だってエロく感じちまうもん」

「変な奴。俺、なんかやだよ、こういうの」

塚越の性嗜好《しこう》を否定しながら、エプロンの下で蠢《うごめ》く塚越の指の淫靡さに、真治も興奮していた。衣服に隠されて見えないということが、こんなにも性的な臭いを濃くするとは思っていなかった。そもそも、真治はまだ性的に未熟だった。ただ肉体の感覚が敏感であるだけで、経験は塚越のそれに比べて、圧倒的に足りていなかった。

「乳首、勃ってきた」

こりこりと指先で摘まれ、転がされ、揉まれて、柔らかかった乳頭がピンと勃ち上がる。エプロンをして、乳首を勃起させて、下半身を丸出しにしているなんて、まるで変態みたいだ。真治は自分の滑稽《こっけい》な姿に、笑いたくなった。陰茎はすでに緩く勃起していた。

「言うなよ」

衣服越しに、張りつめた塚越のものを感じていたからだ。

「お前だって、勃ってる」

「だって真治の乳首が可愛いんだもん」

「もん、って言うなよ。でかい図体して」

「いいじゃん。甘えさせろよ」

真治はどきりと胸を騒がせた。乳首を弄る塚越の指のリングが照明を反射して光っていた。

「あ、あ」

エプロンを中央へよけて、塚越が胸の突起に吸い付いてくる。手は下へ降り、裸の尻を大きく揉んでいる。ちゅう、と強く吸われると、腰骨に甘い快感がじわりと滲む。れろれろと舐め上げられて、軽く歯を立てられ、真治は快さに堪《た》え兼《か》ねて、身悶《みもだ》えた。

「可愛いなあ、真治は」

荒い息で囁いて、塚越は真治の乳首を執拗《しつよう》に舐め回す。押し付けられる性器は固く滾《たぎ》っていて、それを押し込まれることを想像して、真治はうっとりとした。

塚越の指はテーブルの上にあったオリーブオイルを使い、真治の肛門を解《ほぐ》している。オイルを丹念に粘膜に塗り込めるように、入り口の括約筋《かつやくきん》をじっくりと柔らかく溶かしていくように、繊細な動きで真治の尻を性器に変えていく。丸く膨らみ始めた前立腺を指の腹で何度も押し上げられる。真治の腰が快感に震え、いよいよ我慢できなくなる。

「だ、だめ、そこ、そんなにされたら、出る」

「ああ、そっか」

塚越は乳首から唇を離し、指を引き抜く。

「今日は、俺ので最初にイって欲しいからな」

腰を浮かして自らも下着ごとカーゴパンツを下ろすと、反《そ》り返った大きなものがぶるんと首を振った。浅ましく涎《よだれ》が出そうになるのを、何度も呑み込んだ。最初の夜から数え切れないほどしていて、明るい場所で塚越のものを見るのも初めてではないけれど、見る度に、よくこんな大きなものが自分の中に入るな、と不思議に思う。指の回り切らない太さに、二十センチ近くはありそうな長さ。赤黒い亀頭は大きくエラが張っていて、反り返る角度はへそにまでついてしまいそうだ。

(あの角度が気持ちいいんだ。頭の、あの出っ張った部分も)

挿入されると、丁度前立腺を強く刺激されて、逞《たくま》しい男根であそこをもみくちゃにされる度に、真治は泣き叫んで射精させられる。奥までみっちりハメられれば、潤んだ粘膜は太いものに擦《こす》られて悦《よろこ》んで蠕動《ぜんどう》する。深くガツガツと突き上げられると、ひどく犯されている感じがして、気絶しそうになるほど興奮した。

塚越は何度射精しても、逞しく勃起する。ここのところほぼ毎日セックスしているのに、衰《おとろ》える気配もない。

「いいか、入れるぞ」

自身のものにオイルを塗りたくり、解れた尻に押し付ける。真治は大きく胸を喘《あえ》がせながら、自ら腰を落とした。

「う、んうう、はあっ」

肛門が、塚越の形に拡げられていく。ずちゅ、と鈍《にぶ》く潰れた音を立てて、太い雁首《かりくび》を呑み込むと、ずぼずぼと血管の浮いた幹《みき》が埋もれていく。

「ああ、あ、いい」

串刺しにされる快感に、真治は陶然《とうぜん》とした。ああ、美味しい。この太さが美味しくて堪《たま》らない。唇の端から唾液《だえき》が伝うのがわかったが、もうどれだけ浅ましかろうと、取り繕《つくろ》う気もなかった。

「なんか、俺がデザート食うよりも、お前に食われてるみたいだな」

「また、そういうこと、あ、ああっ」

ずん、と全長が埋まり、直腸の最奥が戦慄《わなな》いた。肉の輪がめいっぱい、塚越の太さに拡げられている。額に汗の玉を浮かべた塚越が、ふうと息をつく。

「お腹いっぱい？」

「う、ん、いっぱい」

「美味いか？」

「は、あ、ああ、めちゃくちゃ、美味しい」

軽く腰を突き上げられて、真治は甲高い声を上げて仰《の》け反《ぞ》った。

「いいっ、あ、い、いい」

我慢できず、自ら塚越にしがみついて、腰を動かした。奥まで呑み込んでその長さを楽しんだ後、浅く咥え込んで、快感のしこりをごりゅごりゅと擦り立てた。

「ひい、いいっ、あ、ああ、すごい、あ、あっ」

「はあ、はあ、真治、真治っ」

塚越は再び真治の乳首に吸い付き、ふうふうと忙《せわ》しない呼吸でむしゃぶりつきながら、がつがつと腰を動かした。椅子が壊れそうな音を立てて軋《きし》んでいる。けれどそんなことも気にならないほどに、二人は夢中だった。

汗でしっとりと濡れた丸い尻の上で、エプロンのリボンがふわふわと揺れる。勃起したペニスの先端が前掛け部分の生地《きじ》に擦れて、切ないようなもどかしいような感覚に焦《じ》れる。胸に吸い付いている塚越の頭を抱え込んで、真治は親友とのセックスの快楽に陶然とした。初めて彼女としたセックスの何倍も気持ちがいい。

（あの、レイプされたときよりも？）

「あ、はう、あ、あ」

「うくっ、う、締まるっ」

男に強姦されたあの夜のことを思い返すと、全身が雷に打たれたように震えた。少しずつだが、あのときのことを鮮明に思い出してきている。今までは曖昧で、ほんの一瞬の感覚がフラッシュバックするだけだったのに、塚越に抱かれる度に、あの夜を思い出す時間は長くなっている気がする。そしてその度に、思い出すな、と真治の中で誰かが叫ぶのだ。その声が誰なのか、どういう意味があるのか、真治にはまるでわからない。

（気持ちよかった、わけじゃない）

あのときは刺激臭のある揮発性《きはっせい》の何かを嗅がされて、全身が敏感になっていた。心臓の鼓動がやけに速くなっていた。このまま胸が破裂して死んでしまうのではないかと思った。目隠しをされて、四肢《しし》の自由を奪われていたことも、性的な感覚に集中せざるを得ない状況を作っていた。一言も言葉を発さず、ただ真治の上で蠢いていたあの存在は、果たして人間だったのだろうか。

（そうだ、あれは異常な感覚だったから。何度も射精したのは、普通の状況じゃなかったから）

男は闇だった。得体の知れない、黒い怪物だった。それは真治を犯すためだけに存在していた。大きな熱い手のひらを持っていた。乾いた指を持っていた。太くて長い、しなった棒を持っていた。それは、今自分の尻が咥え込んでいるものと比べて、一体どのくらいのものだっただろうか。

「はあ、はあ、真治、好きだ、好きだ」

乳首をしゃぶりながら、塚越はうっとりとして愛の言葉を繰り返す。ああ、俺も、と何も考えることなく返しそうになって、やめろ！　と再び叫ぶ誰かに遮《さえぎ》られる。

（そうだ、違う。俺は、祐紀を好き、なんじゃない）

ただ、自分を抱いてくれたから。汚くない、天使だと言ってくれたから。愛してくれるから。何でもしてくれるから。甘えさせてくれるから。快感をくれるから。だって、体を繋げたから好きになってしまったなんて、あり得ない。それは恋じゃない。そんなものが恋だなんて、思いたくはなかった。これは、ただの依存なのだ。捨てられたくないという執着なのだ。

そういう自覚があるから、真治は自分を好きだと言ってくれる塚越に対して、深い負い目を感じていた。自分は、この親友を利用している。その卑劣《ひれつ》さをわかっているのに、離れられない。塚越に見捨てられたら、もう自分はおしまいだ。壊れてしまう。あの妄想はいまだに真治の中に蜘蛛《くも》の巣のように張り巡《めぐ》らされ、真治を臆病にしている。誰も彼もから軽蔑される。憎悪される。そんな地獄のような日々が待っているかもしれないのに、この友人の手を離したら、もう縋《すが》るべきところがない。

真治は、人が好きなのだ。人と触れ合っていたいのだ。だから、自分を愛してくれる人たちが、自分を愛《いと》おしいという意味で天使と呼んでくれた人たちが、消えてしまうことなど耐えられない。それでも孤独を選ぼうとしたかつての自分は、それほどに世の中に絶望していたのだ。その闇の中の一点の光が、塚越だった。塚越だけが、今の自分を愛してくれる。真治の胸は、友人への狂おしい熱情でいっぱいになった。

「あ、ああ、もう、出るっ」

塚越は叫んで、真治の尻を強く摑み、激しく上下に揺すり立てた。

「ひああっ、あ、はああ」

目の奥で火花が散った。どぷどぷと中で大量の精液を吐き出される感覚があった。

「あ、ああ」

真治はうっとりと天井を仰《あお》いだ。奥にたっぷりと出されて、中から汚される感覚が、堪らなかった。じわり、と濡れた生地が性器に貼り付く。真治は、いつの間にか自分も射精していたことに気がついた。

塚越は射精の快感にしばらくじっとしていたが、はたと我に返って、慌てて真治の顔を見上げた。

「やべ、中で出しちまった。ごめん、ごめんな」

「いいよ、大丈夫」

塚越の頬を両手で挟み、その目の中を覗き込む。

「もっと頂戴《ちょうだい》」

紅潮した頬がヒクリと震えた。ごくりと唾を飲み込む音に、まだ咥え込んだままのそこが熱く痺れた。挿入したまま、塚越は真治を抱えて立ち上がり、ソファへ移動した。真治の膝の裏に肩を入れ、直角に近い角度で反り返ったものをずぐりと奥まで捩《ね》じ込んだ。

「あ、ふあっ」

ぐちゃっと中から溢れ出た塚越の精液と、勢いよく自らの性器から噴き出した精液は、真治の顔の方まで飛び散り、白いエプロンをしとどに濡らした。

「すげえ飛んだな」

塚越は嬉しそうに笑って、熱く真治の口を吸った。男に激しい口づけを受けながら、さかんに揺れる自分の白いつま先を仰いで、真治は甘い甘い快感の蜜に耽溺《たんでき》した。あの夜、もしも目隠しなどされていなければ、見えた光景はこれと同じだったのだろうか、などと考えながら。

「そういえばさ。例の件、だんだんわかってきた」

互いに精を絞り出し、くたくたになって余韻を味わっている最中、ふいに塚越が呟いた。例の件って、と聞き返しそうになって、あのレイプ事件のことだと思い至り、真治は密かに顔を赤くする。快楽に溺れて、もう過去のことが曖昧になっているのだろうか。そんな真治の羞恥には気づかず、塚越は話を続ける。

「お前にとっては嫌な話だろうと思うから、これからどうするかは任せる」

「どうするか、って」

「明日にでも天野に会おうと思うんだけど、真治、どうする。一緒に来るか」

一気に現実に引き戻されたような気分だった。あの事件とは別にして、天野という男は改めて顔を合わせたい相手ではない。けれど、ここまできて、全てを塚越に任せて自分は逃げているだけ、という状況は、仮にも男としてあまりにも情けないのではないかと思えた。

「わかった。俺も行く」

躊躇は一瞬だった。すぐに答えた真治に、塚越も神妙な顔で頷いた。

「どういうことがわかってきたんだ？」

「天野の妹と会ったって言ったよな。やっぱあの辺から、怪しい奴が見えてきたよ」

「誰」

「お前、覚えてるかな。あっちは多分お前のこと知ってる。天野の舎弟の一人だよ。山崎って奴」

やはり、という言葉しか思い浮かばなかった。一時期は天野の発言もあって、いちばんに疑っていたのは天野の方だ。けれど、一度経験したら忘れられないような、あの絡み付いてくるような陰湿な視線は、本能的に危険だと感じていた。あれは、獲物《えもの》を見る目だった。

「どうしてそいつが怪しいってわかった」

「天野の妹がさ、珠里《じゅり》ってんだけど。その子が兄貴に隠れて、山崎と頻繁に会ってるんだよ。最初は付き合ってるのかと思ったけど、どうも他の意味もあるらしい」

「なんか、ヤバいことやってたのか」

「山崎はいわゆるドラッグを捌《さば》いてる売人《ばいにん》だ。天野も関係あんのかどうかは知らねえけど、まあ十中八九クロだな」

ドラッグ――真治の頭の中で、それは即座にあの夜の暴行に直結する。

「じゃあ、妹が、兄貴に内緒でクスリ買ってたってこと」

「そう。天野は妹を溺愛してるから、よしんば自分がそういう商売に関係してたとしても、妹にだけは売りたくないはずなんだ。それを、山崎が秘密裏《ひみつり》に売ってる」

「だけど、それで何で山崎ってのが怪しいわけ」

「こいつ、調べたら前科があるんだ。小児性愛っていうのかね。何人か女の子や男の子を裸にして悪戯したらしいぜ。本人もまだ少年だってことで、重い罪にはなんなかったみたいだけどさ」

「小児――――」

けれどそれでは、なぜ自分が狙われたのか。しかし、確かにあの目つきは異常な欲望を秘めていたように感じる。だが自分はいくら年齢よりも幼く見えたとしても、子供には見られないはずだ。

「そいつ、俺らと同い年なんだけどさ。前科で懲《こ》りたせいか、今じゃちょいと嗜好を変えて、幼く見える、純真そうな見た目の処女だのチェリーだのにちょっかいを出すことにご執心《しゅうしん》らしくてさ。これ、天野の妹の話も入ってんだけど」

「えっ。それじゃ、その子と、その男って」

「ああ。ただの売人と客じゃねえよ。前も言ったよな。天野の妹、子供っぽくて、まだ中学生くらいにしか見えねえって」

それで、同じように幼く見える自分も狙われたというのか。まさか、という思いがあった。かつてそんな趣味を持っていた男のターゲットに自分がなってしまうなんて。しかし、本当に山崎が犯人か犯人でないかは別として、自分を狙っていたのは事実のように思える。あの爬虫類《はちゅうるい》のような眼差しは、今思い出しても寒気がする。

真治の怯《おび》えを察したのか、塚越は安心させるように優しく髪を撫でた。

「今までは、興信所《こうしんじょ》とかな、色々その手のものも使って調べてたけど、そろそろ確証が欲しいんだよ」

「それで、天野さんに会って、どうするの」

「あいつなら入れるだろ。山崎の部屋」

「部屋？　勝手に入るってこと？」

「そう。証拠、探しに行くんだよ」

＊＊＊

翌日の昼過ぎ、渋谷のレストランで天野と落ち合った。土曜日の渋谷はひどく混雑していて、長らくこういった人ごみを避けて来た真治は、レストランの手前までタクシーで乗りつけたとはいえ、その気配だけで疲れてしまう。

真治も来るとは聞いていなかったのか、視線が合った途端、天野にニヤリといやらしい顔をされて、顔が強張《こわば》った。やっぱりこいつも怪しい、と思いながら、とりあえず真治はただ黙って塚越の隣でアイスティーを飲んでいた。

「どうしたんすか、急に。俺に聞きたいことがあるって」

やはり父親の会社の属するグループの御曹司である塚越の前では緊張するのか、天野は居心地悪そうに縮こまっている。

「うん、実はさ。あんたの妹のことなんだけど」

「え、珠里の？」

その一言で、天野の顔つきが変わる。

「珠里がどうかしたんすか」

「うん。今、ちょっと調べてることがあってさ。その途中で行き当たったんだけど。妹さん、山崎って奴と付き合ってんだよな？」

「珠里が山崎と？」

まるで世間話を始めるように、妹と山崎の関係を尋ねた塚越に、天野は顔を顰《しか》めて笑った。

「ないない、ねえっす。あり得ねえ」

「どうしてそんなこと言えんだ」

「だってあいつ、今他に付き合ってる男いるらしいし。そいつにプレゼントだって結構値の張るネックレス買ってたんすよ。それに、なんだってあんな陰気な奴」

「その相手が山崎じゃないってどうしてわかる」

「山崎の奴、金属アレルギーなんすよ。俺が時計やるっつってもいらねえって言うから、何でだって聞いたらそういう体質だ、って」

「だけどあんたの妹、しょっちゅう山崎と会ってるぞ」

天野の表情が強張る。何か思い当たることでもあったのか、束《つか》の間《ま》不安そうに視線をさまよわせる。

「いや、何かの間違いじゃねえっすか」

「山崎さ。ドラッグ売ってるだろ。混ぜもんしたやつ。あんた、当然知ってるよな」

突然のきわどい言葉に、ギクリとした顔で、天野は押し黙る。無言の肯定《こうてい》だった。

「あんたんち、そっちと繋がりあるもんな。別に今更そんなこと探らせねえよ。今俺が調べてるのは別の件だ」

「じゃあ、どうして」

「妹さん、多分山崎から買ってるぜ」

「そんな」

天野は彫像《ちょうぞう》のように固まって、身じろぎ一つしなくなった。頭の中では様々な推測や憶測が乱れ飛んでいるのだろう。もはや塚越の前にいることも忘れて、自分の思考に囚《とら》われている。真治は動揺している天野を不思議な気持ちで眺めた。自分にとっては困った客の一人でしかなかった天野が、急に身近な人間に感じられた。その途端に、妹を案ずる気持ちを察して、息苦しくなった。

「しかも多分、普通に金で買ってるんじゃないかもな」

「へ？　ど、どういう意味っすか」

「あんたさ。コイツに、前新宿辺りで会ったとき、おかしなこと言ったらしいじゃん」

　突然話を変えられて、天野はしきりに瞬《まばた》きをしている。核心に近づいてきた気配に、真治は身を固くした。

「まるで、コイツが何されたか知ってるみたいな」

「いや、あれは、その」

「何だよ。話せよ」

　さすがにばつが悪くなったのか、天野は塚越と真治の顔を交互に見比べて、項垂《うなだ》れた。

「カマ、かけたんす」

「は？」

「その、山崎に――変な写真見せられて。それが、その、佐藤に似てたもんで」

「どういうことですか」

　思わず、声が出ていた。天野が驚いた顔で、初めて言葉を発した真治を凝視する。

「写真、って何ですか。カマかけたって、どういうことですか」

「やられた後っぽい写真なんだろ」

しどろもどろになる天野に焦れたように、塚越が割って入る。

「それがコイツに似てたから、もしかしてと思ってカマかけたんだろ」

天野は、小さく頷いた。真治は息を呑む。天野は、自分のアパートに届けられたあの写真と同じものを見ていたのだ。

（一体、どうして）

突然、足下《あしもと》に真っ暗な穴が開《あ》いたようだった。山崎は、一体何人の人間にそれを見せたのか。そして、その何人が真治だと勘づいたのか。すっかり冷たくなった指先を、塚越がテーブルの下で握りしめてくれる。体の奥がざわついて、叫び出したくなった。なぜか、塚越に今すぐメチャクチャにして欲しくなった。

「山崎は、ネットで拾った、って」

「さて、それはどうだろうな。これから確かめに行こうぜ」

「へ？　ど、どこにですか」

「山崎の部屋だよ。あんたは入れるだろ」

「でも、あいつ、今日は帰りませんよ」

「好都合じゃん。色々探しに行こうぜ」

「何を――――」

「だからさ」

まだわからないのか、と言うような呆れ顔で、塚越は軽くため息をついた。

「あんたの可愛い妹の、そういう写真もあるかもしれないってんだよ」


それからの天野の行動は素早かった。すぐにタクシーで巣鴨《すがも》にある山崎の古ぼけたアパート前に乗り付け、合鍵《あいかぎ》で中に入り、靴も脱がずに部屋の中を荒し回った。室内は真夏の熱気を閉じ込めてひどく蒸し暑く、しかも何かが腐ったまま放置されているのか、生ゴミのような饐《す》えた臭いが鼻を突く。

(神崎の吐いたやつの臭いだ)

人間の中身の臭い。汚い、臭い、剝き出しの憎悪の臭いだ。ねっとりと鼻腔に貼り付くその籠もった臭気に、真治は手で口元を覆った。天野に続いて塚越も土足で上がり込んだので、思わず真治もそれに倣《なら》ったが、踏み込んですぐにこの場を逃げ出したいような恐怖に駆られていた。

「なんだ、ここ」

うへえ、と塚越が吐くような仕草をした。ワンルームの狭い室内の中、大小のポスターや引き伸ばした写真が壁一面に貼られている。全て愛らしい少年少女の裸か、それに近い格好のものだ。

「あいつ、またこんな気味のわりぃもん飾りやがって。ヤメロって言ったのによ」

天野は苦虫《にがむし》を噛み潰したような顔で舌打ちした。山崎は前科があるという話だったので、兄貴分である天野は当然この趣味を知っていたのだろう。その口ぶりからすると、一度はこのデコレーションをやめさせたものの、知らないうちにまた同じことをしていたということなのだろうか。

棚には幼い者を相手にしたポルノ写真集やDVDがぎっしりと詰まっている。それらを手当り次第に物色している最中、天野はさっと顔色を変えた。

「あ、あの野郎」

天野は一冊のファイルを開いて、怒りにぶるぶると震えていた。

「やりやがった。あいつ、こんだけ世話してやってんのに——よりによって、珠里を。俺の妹を」

「見つけたのか」

どうやらそのファイルに妹の何かの写真があったようだ。天野の背後の本棚には、同じようなファイルが色違いで何冊も並んでいる。塚越が天野の持っているファイルに手を伸ばそうとすると、天野は目を剝《む》いてその手を打ち払った。

「見るなっ」

もはや相手が誰でも、妹の写真を見せる気はないようだ。塚越も肩を竦めて、格下である天野の行動に怒る気配はない。

「あったんだな」

「ちくしょう、ちくしょうっ！　燃やしてやる、こんな部屋、全部、全部――」

「部屋ごと燃やすなよ。中途半端に残っちまうかもしれないし。一冊ずつ確実に処分しろ」

塚越は室内を見回して、小さな机の上に置かれたノートパソコンとデジタルカメラに目を留《と》めた。

「多分、データはそこのパソコンの中だ。こん中、綺麗に消去して全部壊せよ。火事より確実だ」

塚越は至極《しごく》冷静に卓上のノートパソコンを開く。スリープ状態だった画面はすぐに明るくなり、パスワードも要求されなかった。塚越はマウスを弄《いじ》ってデスクトップにあったいくつかのフォルダをクリックする。デジカメも接続し、中に膨大なファイルが残っているのを確認すると、そこにあるものとパソコンの中に保存されているものが同一であることを確認した。

「――ビンゴだな」

真治は声も出せずにその場にへたり込んだ。フォルダの中にみっちりと表示された肉色のファイルの数々。拡大せずとも、それが誰の、何の写真であるのかなどわかり切っている。あの日アパートのポストに投函されていた写真は、一瞬見ただけで目に焼き付いてしまったからだ。

塚越は無言でそのフォルダを閉じる。フォルダ名は、〝angel〟。

身も心も

「俺、ああいう奴に狙われるのって、多分初めてじゃないんだ」

広いバスルームに声が響く。真治は塚越に背中から抱きかかえられて、浴槽に身を沈めている。山崎のアパートを出て帰って来てから、一刻も早く体を洗いたくなって、ここへ飛び込んだ。そして、どういうわけだかこういう状況になっていた。何度も情事を重ねたけれど、こうして一緒に風呂に入るのは初めてのことかもしれない。

「なんか、昔ちょっとは聞いたことある。変なおじさんにつきまとわれてたとか、知らない人に連れて行かれそうになったとか」

「お前、バリバリ経験者じゃん」

「変な言い方、すんな」

ごめんごめん、と笑いながら、塚越は後ろから白い体を抱きしめて、濡れた髪に鼻先を埋める。

「真治は天使だからな。狙われちまうのも、仕方ないか」

「やめてくれよ。今それ、笑えない」

いまだに、あのフォルダ名が頭から離れない。何が、〝angel〟だ。どこまでも自分につきまとう天使の名前。それはもはや自分にとって凶兆《きょうちょう》の言葉でしかない。

塚越は太い腕の中に真治を抱きしめ、安心させるように何度もこめかみや頬に羽のようなキスを落としてくれる。次第に、安らかな心地になってくる。そう、犯人は見つかったのだ。もう怯えて暮らさなくてもいい。写真がポストに投函《とうかん》されることは永遠にないだろう。

「あいつ、これからどうなるの」

「山崎のことか」

後ろで小さく笑う気配がする。あのアパートを出た後、天野と塚越が何か話しているのは知っていたが、真治は呆然としていて内容を覚えていなかった。

「さあな。ただ、天野は警察になんか渡さねえって言ってたぜ。もちろん、庇《かば》うためなんかじゃなくて、悪い方の意味な」

「まさか、殺したり――」

「わかんねえ。なんせヤーさんの売り物も関わってるしな。どういうことになるかわかんねえけど、少なくとも無傷は無理だな。警察に捕まった方がずっと楽だと思うぜ。少なくとも、被疑者の言い分は聞いてくれるし、弁護士もつけてくれるだろうしな。それに」

真治を抱きしめる腕の太い筋肉が、生き物のように蠢く。

「俺もこう見えて、相当怒ってんだぜ。天野が何もしないなら、俺が何かするくらいにはさ」

「祐紀――――やめてくれよ」

湯船の中で身を反転させて、真治は広い胸に縋り付く。

「もういいんだ。犯人が誰かわかったんだから。もうこれでいい。何もしないで」

塚越は意外そうな顔をする。

「どうして。真治だってあいつが憎いだろ。何もしないなんて、それで気が済むのかよ」

「俺はもう、思い出したくないんだ」

あのおぞましい巣鴨の小さな部屋。壁にべたべたと貼られた子供たちの笑顔。フォルダいっぱいに敷き詰められた肉色の写真。

あんなものを、もう思い出したくはない。山崎の粘つく視線も、天野の悲鳴も、あの部屋の饐えた臭いも。全部頭の中の二度と入らない場所に閉じ込めて、鍵をかけてしまいたい。

「お前のお陰で、犯人はわかった。もう十分だよ」

「真治」

「ありがとう。祐紀」

これ以上余計なことを言わせないために、真治は塚越の口を吸った。透明な湯が二人の胸の間でチャプチャプと音を立てた。塚越の大きな手が真治の後頭部を押さえ、角度を変えて深く舌を吸われた。少し乱暴な口づけをされただけで、真治の腰は快感に震えた。

（ああ、そういえば以前、似たようなことがあった気がする）

ふと、そんなことを思う。真治が「ありがとう」と塚越に言って、その体にこうして向かい側から抱きついていた、あの夜。「お前、本当に天使みたいな奴だな」と塚越は言っていた。熱狂的な夜だった。塚越の目は潤んでいた。ああ、なぜ今そんなことをまざまざと思い出すんだろうか。

塚越は間近から真治の顔を覗き込んだ。潤んだ瞳に自分の顔が映っている。淫らな顔をしている、と思った。

「お前は優しいな」

甘い声で囁いて、塚越は再び真治に口づけた。二人の体はこうして重なり合って口を吸い合っているだけで簡単に燃え上がった。頭をもたげたお互いのものを腹に押し付けて擦り合う内に、当然のように塚越の指が真治の尻を撫で、その狭間《はざま》へ埋もれていく。

「あ、あ」

声を上げることも、恥ずかしいとは思わなくなってきた。快感を訴えれば塚越は喜ぶし、自分も興奮するからだ。

「なんか、変。いつもと違ってる」

「お湯が入って来ちゃうから？」

「それもあるけど」

塚越が指を蠢かす度に、僅かな隙間から温かな湯が侵入し、妙な感覚に陥る。その物理的な変化とはまた違った、心理的な違和感が、真治を動揺させた。

「はあ、はあっ」

全身がひりつくように火照《ほて》っている。慣れたはずの塚越の指が、太く感じる。直腸の粘膜が鋭敏になって、塚越の指の感触を今までよりも鮮やかに感じる。

「はあ、ああ、あ」

「あっ。真治」

ビクリ、と大きく痙攣する。気づいたら、射精していた。湯の中に、白い粘液がひらひらと揺れている。

「早いな。どうしちゃったんだ」

「わかんない。なんか、気持ちよ過ぎて」

真治も思わぬ早さに呆然として、胸を喘がせている。何が、違っているのだろう。心の壁が一枚取り払われてしまったような、簡単に絶頂に近づいてしまうような、危うい感覚に怯えが走った。犯人がわかったから、事件が解決したから、こんな風に体が快楽に対して素直になっているのだろうか。いや、違う——とっさに、真治はそう思う。まるで危機感に煽《あお》られるように、猛獣の潜《ひそ》む密林を探っているように、体が緊張して、おかしな興奮状態になっているのだ。それは、一体なぜなのだろう。ふいに浮かんだその疑問に、何も考えるな、思い出すな、とまた誰かが真治の頭の中で叫び出す。

（お前、誰なんだよ）

真治は心の中で問いかける。返事はない。けれど、その警告は絶対的な力で真治に何かを見させまいとする。ああ、そうなのか、そんなに言うなら、わかったよ。真治は投げやりな気持ちで、発情して火照った体を塚越の固い筋肉に擦り付ける。けれど、その隠された何かは、真治の意思には関係なく、次第に目の前に迫りつつあるのだろう。真治の肉体はそれを察知して、どんどん鋭敏になっていく。まるで、死の危機に晒《さら》されたときに、生命を繋ごうとして、体が勝手に欲情するように。見たくないものが、もうすぐ現れてしまうということを予感して、頭が昂《たか》ぶっていく。

「なんか、怖い。どうしよう、祐紀」

「感じやすいのは、いいことじゃん。怖がることない」

「だけど」

「いいよ。全部任せて」

それは魔法の呪文だ。

「俺が全部やってやるから。真治は、ただ感じて、いっぱい出せばいいよ」

塚越は、真治をまるで赤ん坊のように扱う。繊細なガラス細工のように扱う。真治の体から骨を抜き取って、芯のないぐにゃぐにゃの淫らな肉に変えてしまう。

濡れた皮膚を撫でて、丸い尻を揉んで、肛門を拡げて、中を擦って。全ての感覚に、真治は敏感過ぎるほどに反応した。塚越が入ってきたとき、ほとんど悲鳴のような細い声を上げて、何度目かの射精を遂《と》げた。

「あは、すごい、見て、真治。精液が回って、なんか螺旋《らせん》みたいだ」

塚越が目を細めて笑う。湯船の中で勢いよく吐き出した白いものが渦を巻いている。

（DNAの螺旋構造）

無駄に放出される遺伝子。何も結実することのない二人の関係を皮肉っているようにも見える。真治は今初めて、塚越とのこの関係が同性愛であるということに気づいたように、呆然と白い螺旋を眺めていた。

「やっぱり、安心して感じやすくなったのかな。元からかなり敏感だったとは思うけど」

「わ、わかんない。ああ、もう、頭、ぐちゃぐちゃ、で」

とんとんと下から突き上げられて水面が踊る。あ、あ、あ、と声が断続的に漏れる。止められない。湯気で頬に髪が貼り付く。乱れるままに腰を振っていると、このまま意識が飛んでしまいそうな恍惚感《こうこつかん》に囚われた。

「お前、ヤバい。メチャクチャ色っぽいよ」

はっはっと弾む息がバスルームに響く。いつも動きの激しさを伝えるベッドやソファの軋みの代わりに、お湯の音が可愛らしくチャプチャプと鳴っているのがおかしかった。

「ああ、なんだか、クラクラする」

「のぼせちゃった？」

感覚に任せて動いている内に、目が回り始める。塚越は動きを止めて、真治の頬を撫でた。自分の顔が真っ赤に上気《じょうき》して目が潤んでいるのを感じる。喘いだ形のまま開かれた唇に柔らかなキスをされて、ぐんにゃりとした体を抱きしめられた。

「続きは上がってからにしよっか。ごめん、無理させたな」

「ごめん、祐紀、まだ出してないのに」

「だから、後でいいよ。時間はたっぷりあるんだから。そうだろ？」

優しい声音《こわね》に、真治は微笑んで、その逞しい胸に体を預けた。そう、時間はいくらでもある。自分にはもう何の脅威もない。悩みもない。

ただ、この親友への罪悪感だけは、静かに育ち続けている。自分を恋人のように抱いてくれる親友。好きだと囁き抱きしめてくれる優しい腕。同じように、自分も塚越に恋愛ができたらいいのに。真治の中では、塚越を自分の疼く体を慰めるための道具として扱っているような辛さがずっと消えていない。同時に、何かの不穏な予感も大きくなっている。

塚越に抱かれる度に成長していく、このおかしな感じは何なのだろうか。それを確かめる術《すべ》を、いまだ真治は持っていなかった。


「なあ、もしかして、犯人見つかったし、これから他のアパートとか探そうとしてるの」

蕩《とろ》けるような快楽の時間を過ごした後、真治を抱きしめて塚越が尋ねた。

「お前、ここで暮らしたくないの」

「そんなことないよ」

一緒にいたい。もう、真治にとって塚越の存在はなくてはならない生活の一部になっている。けれど、依存し過ぎている気がして、このままでいるのも怖い。真治は塚越を傷つけないように、慎重《しんちょう》に言葉を選ぶ。

「でも、何もかも祐紀に甘えてる」

「別にいいじゃん。誰にも迷惑かけてないし」

「だけど、対等じゃない気がする」

「対等だよ」

「そんなわけないだろ。生活費だって何も払ってない。せいぜい、昨日の夕食の材料くらいだ」

「だけど、お前がここにいると、俺は嬉しい」

とても単純なのにとても難しいことを言われた気がして、真治は目を瞬《しばたた》かせた。塚越は真治の前髪を払い、額を露《あらわ》にする。そこへ軽く口付けて、愛おしげに頬を寄せる。

「俺が、お前にここにいて欲しいんだ。いてもらってる。生活費だの何だのは、それに払う対価だと思えばいいだろ」

「変な理屈だな」

「変じゃない。俺にとっては大事なことだ」

塚越が言葉を尽くして自分をここに留《と》め置こうとしているのがわかる。そう、本当はさほどこだわることではないのかもしれない。けれど、甘え切って、依存し切った自分が、まるで最後の堤防のように固持するこの対等という関係は、両親に対する言い訳でもあった。

父親の病気という一大事件があって、これ以上負担をかけたくないがために選んだ国立大学への進学。そのゴールへ回り道をせずに進むことができた一人息子を、親が誇りに思っているのは感じていたし、また、自分自身も誇りに思っていた。順風満帆《じゅんぷうまんぱん》な人生。そのすぐ先に落とし穴があるなんて思ってもみなかった。男が男にレイプされるだなんて、まさかそんなことが、自分の身に起きるだなんて。

そこから真治の自尊心や矜持《きょうじ》というものは曖昧になってしまったのだ。そして弱みを見せた親友にはべったりと凭《もた》れ掛かり、挙げ句の果てには肉体関係まで持ってしまった。

恋人になった親友は、何もかもを解決してくれた。真治は、ただ彼に可愛がられて、食事を与えられて、ベッドで喘いでいるだけでよかった。

「親にさ。申し訳ないかなと思って」

「え？　何で」

塚越の声に不安げな色が混じるのにハッとした。

「いや、父さんがさ。御曹司と一緒にいて、俺の金銭感覚が狂わないか、心配してる」

「何が心配なわけ」

「多分、俺がお前と付き合わなくなった後のことだろ。同じように金使ってたら、あっという間になくなっちまうもんな」

「じゃあ、そんなこと心配しなくたっていい」

いかにも小さなことだと言うように、塚越は笑った。

「だって、お前が俺と付き合わなくなる日なんて、来ないし」

塚越の幸福そうな微笑につられて、真治も微笑んだ。

塚越に守られてこんなにも幸せなのに、どうして近頃自分は塚越から離れることばかり考えてしまうんだろう。

事件が解決してからずっとだ。もう犯人がわかったものだから、現金にもあのアパートに戻っても被害がないとわかっているからだろうか。いいや、そうではない。なぜそう確信できるのかすらも、真治本人にはわからない。深く思考を始めると、いつも例の声が聞こえてきて、それ以上ものが考えられなくなってしまうからだ。今もその声は真治の目を塞いでいるけれど、もどかしい思いをしながらも、その声を理由に何も考えずにいられることに、安堵している自分を感じていた。

＊＊＊

やがて大学が夏休みに入った。真治はまだ塚越のマンションに暮らしていたが、お盆の時期に入り、親戚の集まりがあるので、一週間ほど実家に帰ることになった。それは塚越の方も同じ状況だったので、二人ともほぼ同時期に恵比寿の部屋を出たのである。

「真治、悪いけどスーパーで卵買ってきてくれる」

夕飯を作っていた母が、冷蔵庫にあった卵の賞味期限が切れていたことに気づいて、自室でレポートを書いていた真治に頼んできた。真治は小銭を渡されて歩いてすぐの小さなスーパーで卵を買った。今日もよく晴れていたので、昼間の強烈な日光に炙《あぶ》られたアスファルトは容易に冷めてはくれないらしく、六時になってもまだ外は蒸し暑い。汗をかきながら道を横切ろうとして、偶然視界に入ったその人物に、考えるよりも先に声が出ていた。

「相葉！」

ショートカットの女の子が振り向く。懐かしい顔立ち。活発そうな伸びやかな手足。やはり、相葉紗理奈だった。

「真治君、すごい偶然。久しぶりぃ」

逃げられるかとも思ったが、紗理奈は予想外にも嬉しそうな顔をしてこちらに駆け寄ってきた。

「そっか、ここって真治君ちの近所だっけ」

「そうだよ。もう忘れちゃったの」

「だって、あたし久しぶりに帰ってきたんだもの。それに、こっちの方にはほとんど来ないし。ちょっと用事があったのよ」

久しぶりに紗理奈と交わす気安い会話が心地よかった。真治の心は無意識の内に弾んでいた。初めての彼女。これからというときに突然いなくなってしまったのだ。再会すれば、否《いや》が応《おう》にも気持ちが盛り上がるのは仕方がない。

「母さんが相葉がこの辺歩いてるの見たって言ってたから、帰ってきてるのは知ってたんだ」

「そうなんだ。お母さん、よくあたしのことなんか覚えてたよね」

「息子が初めて家に連れてきた彼女だもん。忘れられないんじゃない」

「えーっ、そっかあ。でも、それってちょっと嬉しいな」

紗理奈は無邪気に笑って、小首を傾《かし》げて唇の下に人差し指を当てた。それが彼女が喋るときによくする癖だったことを思い出し、真治は懐かしさに囚われた。

「おばあちゃんの具合が、ちょっとね。今入院してて、お盆が終わるまでこっちにいるつもり」

「そっか。親御さんたちも？」

「うん、お母さんは来てる。お父さんはまだ仕事。明後日くらいに来られるみたい」

「なんか、大変そうだな」

「別にそんなでもないよ。あたし自身は超元気だしね」

「夏バテとかしてないの」

「しないよお、そんなの」

真治は浮かれていた。こんな風に塚越以外の他人と親しく話すのはあまりにも久しぶりだった。自分は会話に飢《う》えていたのかもしれない。もっと紗理奈と話をしたいという欲求が、抑えられなくなってきた。

「あのさ。どっか入って、話せないかな」

「え、でも」

そのとき初めて、紗理奈の表情が曇る。途端に、真治の胸に失望が走った。すぐに、馬鹿な誘いをかけた自分を恥じた。けれど、まだ諦め切れないのも事実だ。

「ごめん。あんまり時間ないんだ」

「じ、じゃあ、ひとつだけ聞いていいか」

真治は焦っていた。紗理奈は確実に、今ここを去った後は、この辺りを通ることはないだろうということがわかっていたからだ。それならばもう恐れることもない。聞きたいことを聞いてしまえばいい。

「どうして、連絡先変えたの」

「えっ」

「去年の夏。引っ越すのは知ってたけど、どうして番号もアドレスも変えちゃって、教えてくれなかったの」

紗理奈は明らかに困惑していた。真治の顔を探るように観察して、ふと視線を逸らす。

「罪悪感、あったから」

「罪悪感？」

「うん。あたし、真治君のこと利用してた」

紗理奈らしからぬ言葉に、真治はどきりとした。

「真治君に付き合おうって言う前の日に、彼氏にふられてたの。すごく大好きな彼だったから、寂しくて、優しそうな真治君に、慰めてもらおうと思って」

「それじゃ、俺のこと好きじゃなかったの」

「好きだったよ」

「じゃあ、別にいいじゃない。どうして罪悪感なんか覚えるの」

　紗理奈は目を丸くして真治を見つめた。

「嫌じゃないの？　だって、代わりにされたんだよ」

「相葉が俺のこと好きだったなら、関係ない」

　何かを言おうとした唇が、言葉を成さずに噛み締められる。紗理奈はすっかり困ってしまった様子で、そわそわとショートパンツの裾を弄った。

「どうして、そういうこと言うんだよ」

「だって、俺は相葉を好きだったから、相葉が傷ついてるなら慰めてあげたい。その相手に俺のこと選んでくれたんだから、嬉しいに決まってる」

「真治君」

　紗理奈は目を伏せた。付け睫毛《まつげ》の目尻の方が取れかけている。彼女は化粧もするしおしゃれもするけれど、何でもかんでもやや適当なところがあった。ブラジャーの紐がずれたシャツから丸見えでも気にしなかったし、剝げかけのペディキュアはずっとそのままだった。そんなところが自由でやや放埒《ほうらつ》にも見えたけれど、真治は彼女のそういう少し外れた感じが可愛いと思っていたのだった。

「それにさ。相葉、その彼氏がどうのこうのって、嘘だろ」

「何で？ 嘘じゃないよ」

「だって、付き合う前、俺たちほぼ毎日一緒だったじゃん。大好きな彼とはいつ会ってたの」

「それは」

紗理奈の目が泳ぐ。正直な彼女が嘘までついて守りたい理由とは、一体何なのだろう。

「本当のこと教えてよ」

沈黙が落ちる。紗理奈が何か他の理由を考えあぐねようとして、少しして諦めたのがわかった。

「じゃあ、あたしも、ひとつ質問」

「なに。俺に？」

「真治君って、本当に何も知らないの」

「え」

紗理奈の質問が、一体何を指しているのかすらわからず、真治は混乱した。

「何も、って、どういうことだよ」

「だから、あたしが引っ越したとか、連絡先変えたとか、そういうこと」

「知らないよ」

真治は滅多にない苛立ちを顔に表した。

「知らないから、聞いてるんだろ」

「だったら」

紗理奈も憤慨《ふんがい》して、目尻をつり上げる。

「だったら、悪いけど、あたし、これからも真治君には近寄れない」

「どうして」

「だって、怖いもの」

(怖いだって?)

一体、何が。そう尋ねたかったけれど、紗理奈が絶対に答えないことはわかっていた。

「お願いだから、あたしとこうして話したこと、内緒にして。誰にも言わないで。ね」

そう言って、彼女はそそくさと逃げるように足早に去って行ってしまう。彼女は、何を恐れているのか。何に怯えているのか。真治には全く理解できず、想像もできなかった。ただ、何か、聞いてはいけないことを聞いてしまったような気がした。

＊＊＊

九月に入った。いまだ残暑が厳しく、夏が延長戦に入っている。

紗理奈とはあの偶然の再会の後、一度も出会うことはなかった。彼女に言われた通り、真治はかつての恋人と出会ったことを誰にも言っていない。彼女は真治に嘘をついた。けれど、あの「怖い」という言葉は、本当だったように思う。勝ち気な彼女の瞳に、確かな怯えが見えていたから。

真治はまだ塚越のマンションにいた。今まで通り、可能な限り塚越が車で大学まで送迎し、一日の内必ず一度は一緒に食事をする。もう付け狙われる危険性はないのだから電車通学させて欲しいと頼んでも、またどこであぁいう変なのが涌《わ》くかわからないからと許してもらえない。バイトをしたいと言ってみても、そもそもバイト先であの変態を引っ掛けたんだから、金銭的に必要もないし意味がないと言われ、却下《きゃっか》された。

何でもかんでもお伺《うかが》いを立ててしまうのは、やはり真治に塚越に対する罪悪感があるからだろう。自分たちは恋人ではない。塚越のことは好きだけれど、それがどういった種類のものなのか、己の気持ちをいまだに捉《とら》えかねている真治にとって、この状況は何の葛《かっ》藤《とう》もなく受け入れられるものではなかった。今や真治の懐から生活費は一銭も出ていない。そんな状況を作っているのは塚越だが、庇護《ひご》された環境を提供しているのではなく、近頃では軟禁という表現の方が似合うのではないかと思うほど、やや度が過ぎるように思っていた。

「そういえばさ、鳳華院の皆ってどうしてんの。元気？」

キッチンに立って人参《にんじん》を切りながら、ソファでくつろいでいる塚越に呼びかける。真治は極力家事をさせてもらうようにしていた。何もかも世話になっているので、せめてこれくらいはという気持ちもあるけれど、家庭的な料理を作ると、塚越は子供のように嬉しそうな顔をして食べてくれるからだ。

「厚木とかさ。相変わらずお前といつも一緒にいるの。皆ほとんどエスカレーターで上がってるよな。高校の頃と全然変わってなさそう」

「他の連中のことなんか、どうだっていいじゃん」

塚越は真治が他の誰かの話をするのを嫌がった。かつての同級生たちのことを尋ねても、答えてくれない。さすがにこれには不満を覚えて、真治は抵抗を試みる。

「どうでもよくないよ。皆のこと気になるし」

「何で」

「何で、って。だって、友達だろ」

「友達でも何でも、お前が他の男のこと気にするのが嫌なんだよ」

塚越はソファから立ち上がり、キッチンまで来て、包丁を握っている真治に後ろからべったりと張り付く。

「こら、危ないよ、やめて」

「俺に嫉妬《しっと》させる真治が悪いんだよ」

「だめ、だめだって。夕飯作れないから」

「後でいいよ。まずこっちが食べたい」

シャツの中に手を突っ込まれて、平らな胸をまるで女の子にするように揉まれる。強めに乳首を引っ張られて、腰が跳ねた。尻の谷間に、もう固くなったものが擦り付けられる。軽く腰を数度押し付けられて、息が乱れる。

「やだって言ってるくせに、感じてる」

耳に唇を押当てて囁かれて、顔が燃えるように熱くなった。

「だって、お前が、押し付けるから」

「真治みたいな可愛くてエロい子と暮らしてたら、いつだって勃っちゃうよ。我慢できない」

「だ、だめだよ、お盆から戻ってきて、もう、毎日」

「真治だって好きだろ？　セックス」

好きだ。自分はもう塚越とのセックスに狂っている。完全な中毒だった。もうこの部屋でセックスしていない場所などない。バスルームで、トイレで、キッチンで、玄関で、どこでも盛りのついたような犬のように交わってしまう。

「はあ、はあ、あ、あっ」

塚越は真治の耳の中に太い舌を差し込んで舐め回しながら、左手で乳首を弄り、右手で股間を擦っている。くちゅくちゅという濡れた音が耳の中に直接響き、真治はひどく感じた。

「もう、上から形がわかっちゃうよ」

　喉の奥で笑われて、涙がこぼれる。直接触って欲しいのに、パンツの上から柔らかく握られて上下させられるだけで、思わず自分で弄ってしまいそうになる。

「汚れちゃう、から、出して」

「どうせ服は汚れるんだからそんなこと気にすんなよ」

「や、やだ、服の中で、出ちゃう、から」

　乳首を親指と人差し指の腹でコリコリとこねられて、堪《たま》らずに真治は身悶えた。シンクの縁にしがみついていた手が震え、がたがたとまな板が揺れる。真治は慌てて、人参と包丁ごとそれを奥へ押しやった。

「おっぱい、そんなに気持ちいいの？」

「変な言い方、すんなっ」

「だって真治のここ、おっぱいじゃん。もしかして女より感じるんじゃないの」

　くにくにと乱暴にこねられた後、するりと羽根が触れるようになぞられて、高い声が出た。股間がじわりと温かくなり、湿り気を帯びる。たくさん先走りを出してしまったのを感じて、恥ずかしさにますます興奮する。

「これから厚着の季節になるし、よかったね。どんどんおっきくなってるから、来年は下に一枚着ないと、真治のおっぱいがエロいってバレちゃうよ」

「ひ、ひどい、あ、つ、強く、しないで」

「少し痛いのが好きなくせに、何言ってんの」

塚越は優しい言葉遣いなのに、真治をいじめて焦らして楽しむのが好きだ。最後には自分の方から懇願《こんがん》する羽目になって、そのことがとても嫌なのに、塚越に翻弄されると、肌が火照って、敏感になって、どうしようもなくなってしまう。

「すごく濡れてるよ、真治」

じっとりと湿ったパンツの前を撫でられて、息が荒くなる。

「いじめられて感じちゃったの？　エッチだね、俺の天使は」

「あっ！」

かり、と耳朶《じだ》を齧《かじ》られて、僅かな痛みに息を呑んだ瞬間、膨らんだペニスが弾けた。

「あれ。もしかして、今でのイっちゃった？」

塚越も驚いた顔をして、おかしそうに笑っている。まるで粗相《そそう》をしたようにぐっしょりと濡れた下着が気持ち悪い。情けなさに、真治は目に涙を溜めた。

「う、うう。だから、出してってて、言ったのに」

「ごめんごめん。まさかこんなに早く出ちゃうと思わなかった」

「俺が最近変に感じやすいの、知ってるだろっ」

塚越は後ろからぎゅっと真治を抱きしめて、頬を伝う涙を舐めとる。そのままゆっくりと口を吸い、甘く舌を絡め、真治の腰が蕩けるまで深い口づけをした。

「泣かないで。ちゃんと真治の好きなこともしてあげるから」

抱きしめられながら優しく囁かれて、期待に腹の奥が熱くなる。濡れて下肢にまとわりつく衣服をまとめて落とされて、空気に晒された肌が一瞬粟立つ。

「ほんといつ見ても可愛いなあ、真治のお尻」

「男の、尻なんて、別に」

「男じゃなくて、真治だから可愛いんだよ」

剝き卵のような白くて丸い尻をうっとりと撫でた後、塚越がとろりとオイルをからめた指をその狭間へゆっくりと差し込んでくる。待ち侘びたその感触に、真治は熱い息を吐いた。

「ほんと、柔らかくなったね、ここ。すぐに二本入っちゃう。力の抜き方、慣れてきたのかな」

指を巧《たく》みに回されて、それだけでまた漏らしてしまいそうになって、真治はキッチンの台に必死でしがみつく。

「ほら、もう三本目」

「い、言わなくて、いいっ」

「ははっ。恥ずかしいの？　褒《ほ》めてるのに」

　笑われて、更に股間が大きく勃起するのがわかった。塚越のものに作り替えられていくこの体。そのことが、真治を悲しませ、同時に喜ばせもした。もうこの肉体には、レイプ犯の痕跡など残っていないだろう。毎日毎日抱かれて、塚越の色に染め上げられ、自分でも戸惑うほどに感じやすくなっている。愛されているのだ、と思うと、堪らない幸福感に包まれる。罪悪感は常につきまとっているけれど、塚越は日々淫らになるこの体を喜んでくれる。受け入れられている、と感じることが、今の真治の心の支えになっているのだ。けれど、もう元の体には戻れないと思うと、辛い。だから真治は、そのことを考えないようにしている。男に抱かれる快感など何も知らなかったあの頃のことなど、思い出さないようにしているのだ。

「随分拡がった。いいもの、入れてやるからな」

　待ちに待っていたその言葉に、体が弛緩《しかん》する。興奮で先走りが滴《したた》ったのを感じて、頬が熱くなる。キスをされるのも、乳首をいじられるのも、もちろんペニスを扱《しご》かれるのも好きだけれど、何よりも尻に塚越のものを入れられるのが、いちばん好きだった。何も考えられなくなる。信じられないほど深くまで犯されて、揺すぶられて、気持ちよくて死んでしまいそうになる。

早く、と腰を振ってねだってしまいそうになるのを堪《こら》えて、塚越の侵入を待った。綻《ほころ》んだそこへ圧力を感じた直後、その冷えた感覚にハッとする。

「んうっ」

違和感に、目を見開く。塚越のものではない。それよりも少し小さくて、そして妙な突起がいくつもついている。

「や、あっ、やだ、何、何だよ、これ」

「あは、気づいた？　ちょっと、イボイボのついた玩具《おもちゃ》、入れてみた」

「やだ、やだっ、変だよ！」

初めて味わう感覚に、真治は慌てた。

「抜いて、お願いっ」

「でも、痛くないだろ？　シリコンの柔らかいやつだし」

くちゃ、くちゃ、と抜き差しをされて、だんだんその無機物も真治の体温に慣れてきた頃に、奇妙な快感が湧き始める。

「あ、はあっ、あ」

「どう？　よくなってきた？」

「わ、わかんない、あっ」

柔らかないくつもの突起が、粘膜を刺激する。丸い前立腺の上をそれが絶え間なく行き来している。剝き出しの快感の神経をぞろりぞろりと撫で上げられて、あまりに異様な快感に、真治は汗の浮いた尻の肉を引き攣《つ》らせた。

「う、ああっ」

（イく、またイっちゃう！）

目の前が真っ白になる。腰の奥から熱い官能の波が溢れ出し、手足の先まで甘く痺れていく。

「はあ、あ、ああ」

「真治、ドライでイっちゃったの？」

返事をする余裕もなく、真治は長い長い絶頂に酔い痴れた。

最近は射精を伴わない絶頂が増えた。けれどそれは普通に達するよりも深く激しい。癖になってしまったようで、時には頭で想像しているだけで達しそうになるので、恐ろしくもあった。

「これ、そんなに気持ちいいんだ」

「あうっ」

ずるり、と玩具が引き抜かれる。オーガズムの余韻を破られて我に返ると、今度はすぐに熱く太いものがずぶりと入ってくる。

「ああっ！」

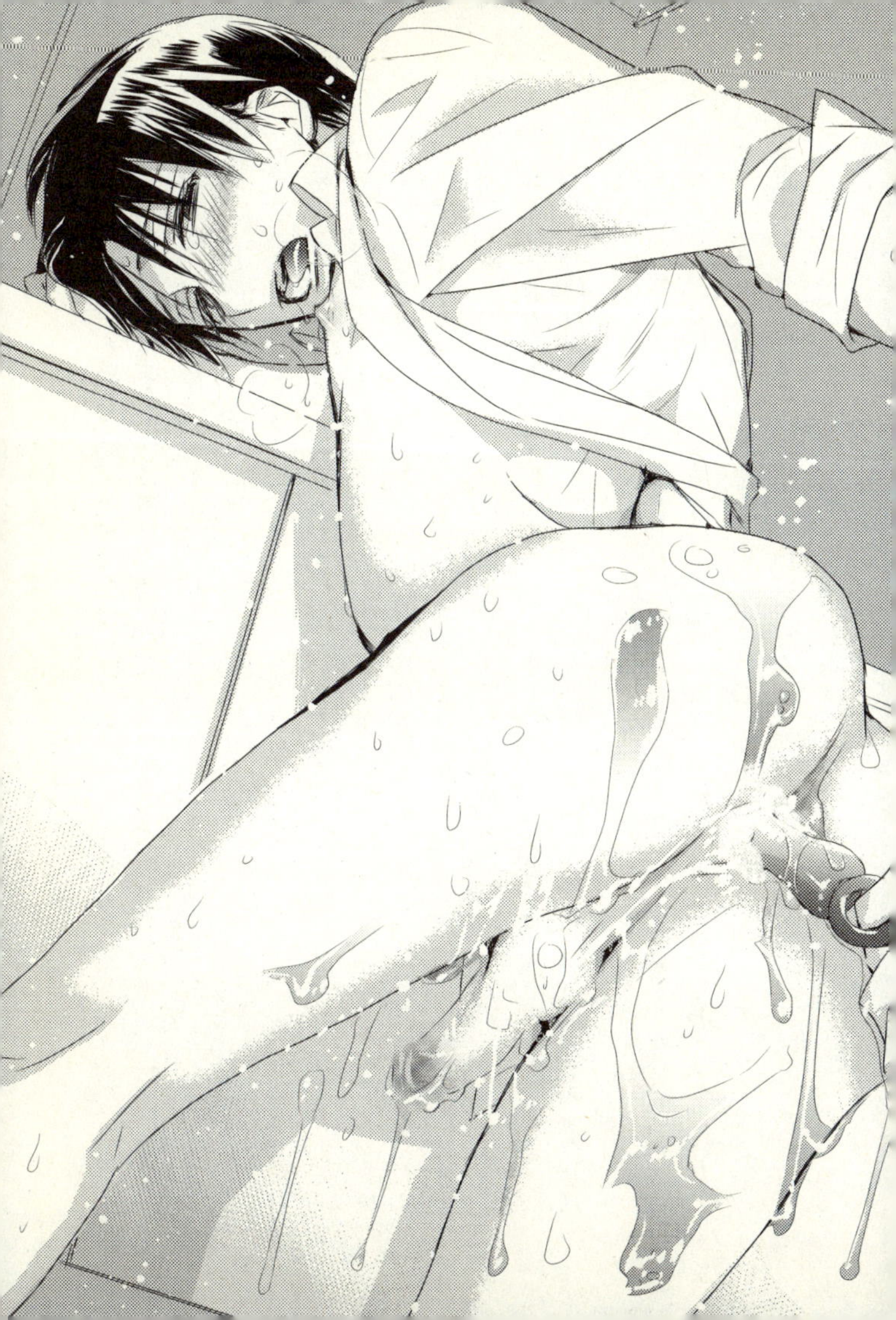

「真治、俺のと、さっきの、どっちがいい」

後ろから叩き付けるように腰を入れながら、塚越は笑う。

「なんか、何突っ込んでも真治は気持ちよくなっちゃいそう。俺がいないときに、一人で遊んだらだめだぜ」

「そ、んなこと、してな」

「そうかな。真治はどんどんエッチになってきたから、少し心配。まあ、もので済むならいいんだけどな。絶対に他の男漁《あさ》ったりすんなよ」

突然妙なことを言い始めた塚越に、真治は困惑した。どうやらさっきの玩具で達したことに怒っているらしいと気づき、その理不尽さにおかしくなった。

(自分で使ったくせに。玩具に嫉妬するなんて、変な奴)

塚越がかなり嫉妬深いのは最近わかってきたことだ。まさかものにまで妬《や》くとは思っていなかったけれど、ここまで根が深いのならば同級生の話を嫌がるのも道理なのかもしれない。

嫉妬されることは嫌ではなかった。束縛《そくばく》されることも嫌いではない。ただ、その想いの大きさに怯えてしまう。塚越の情熱を感じる度に、罪悪感ははっきりと形を成す。けれどすぐに、快楽に流される。思考が肉欲に負けてしまう。

「真治、どこが好き?　どういう風にされたい?」

塚越は休むことなく腰を揺すりながら、蕩けるように甘い声で、まるで幼児に対するように尋ねる。

「奥、トントンってされたい？　それとも、ちんちんの裏側、こりこりされたい？　入り口に、先っちょズボズボ引っかけて欲しい？」

「お、奥、奥、して」

「いいよ、してあげる。たくさんしてあげる」

素直に答えると、大きなものがぬうっと奥まで入ってきて、小刻みに動いた。

「あ、あ、あ、あっ」

腹一杯にペニスを呑み込んで、最奥の腸壁《ちょうへき》を押し上げられると、痛くて苦しいのに、ひどく興奮する。塚越の引き締まった腹部が尻に押し付けられ、冷えた陰嚢《いんのう》が会陰《えいん》に当たる感覚が心地いい。次第に、苦痛は深い悦楽にすり替わる。塚越は緩急《かんきゅう》をつけ、深く突き上げたと思ったら浅い場所をごりごりと捲り上げる。

「はあっ、はあっ、ああ、あああ」

「ああ、いいよ、俺も気持ちいい、はあ、ああ、最高だよ、真治、俺の真治」

塚越に名前を呼ばれる度に、真治は所有される被虐的《ひぎゃくてき》な甘露《かんろ》に酔い痴れる。塚越の勃起したペニスは自分への熱狂的な愛情の表れである。ゲイでもないこの恋人が自分に欲情して嫉妬してセックスばかりしたがるのは、発情した本能が強過ぎて、理性が勝てないからだ。

嬉しかった。愛されることが嬉しいというのは、自分も相手を愛しているからなのだろうか。

(俺は、塚越のことを、もしかしたらとっくに好きになっているのか)

恋愛じゃないと思っていた。自分にとっての恋は、相葉紗理奈に対するような、甘酸っぱい優しい気持ちだった。もちろんゆくゆくはセックスがしたいとも思っていたけれど、その欲求はそれほど大きいものではなかった。

けれど塚越とは違う。塚越とはセックスがしたい。理性をなくしてしまえるのならば、朝も昼も夜も交わっていたい。それはただの欲情であって恋愛ではないと思っていた。しかし肉欲だけならば束縛は鬱陶《うっとう》しいだけだ。嫉妬は煩《わずら》わしいだけだ。それを嬉しいと感じるのは、きっと愛する心があるからなのだ。

真治はこのとき、初めてこの関係を肯定的に捉えることができた。罪悪感が影を潜《ひそ》めた瞬間、体が燃えるように火照った。

「はあ、ああ、もう、出そう、出していい？　真治、中で出していい？」

「いい、いいよ、中に、中に出して。俺の中に、祐紀の、頂戴っ」

名前を呼ぶと、腰を掴む塚越の手が熱く震えた。

「ああ、真治、真治っ！」

数度激しく突かれて、真治は悲鳴のような嬌声《きょうせい》を上げた。潤んだ粘膜をめちゃくちゃに擦られて、燃えるような怒濤の刺激に全身がぶるぶると震えた。

「あっ！　ああ、ああ」

塚越は泣きそうな声を上げて、射精した。濃厚な精液がどぷどぷと中に吐き出されていく。

（ああ、今夜も、祐紀のが入ってくる）

毎日毎日中で出されて、呑み込まされて、中から作り替えられていくような気がする。

（このまま、何もかも俺はあいつのものになるんだろうか）

骨の髄《ずい》まで蕩かされて。体中が、塚越の精液でたぷたぷになって。

「は、ああ」

そのことを想像すると、ぼたぼたと、白いものが出た。射精したばかりの性器を締め付けられたのか、背後で塚越が呻《うめ》く。

「なに、中に出されて、イっちゃったの」

小さく頷くと、可愛い可愛いと言ってキスの雨が降ってきた。正確には、体中を塚越の精で満たされるという想像でイってしまった。本当に、気をつけないといけない。もし電車の中で一人で達してしまったら、変質者としか思われない。

抱き上げられて、再び抱かれるための場所へ移動させられながら、真治は塚越の胸に頬を預け、その体臭を胸一杯に吸った。男の汗の匂いがする。いつもつけている香水の匂いがする。もしそこに、見知らぬ誰かの移り香があったら、自分は嫉妬するのだろうか。

想像はできなかったけれど、ひとつわかっていることはある。塚越は、自分に浮気を悟られるようなヘマはしないだろうということだ。仮にもしも塚越が自分を殺したいと思ったならば、殺気も感じさせず、何もわからない内に殺してくれるだろう。

そんな無条件な、無邪気な信頼があった。自分がもはやこの男のいない世界では生きていけないのだということは、わかっていた。

「祐紀、好き」

自然と、真治の口からそんな言葉が漏れた。初めて口にしたはずなのに、初めてという気がしなかった。塚越の真治を抱きしめる腕の力が強くなり、真治は幸福を感じた。

ふと、いつも自分を縛《いまし》め制御《せいぎょ》するあの声が今日は聞こえてこないことに気がついた。なぜなのかはわからない。ただ、真治の中では、確かに大きな変化が起こっていた。

受胎

同級会の誘いを受けることができたのは、本当に奇跡としか言いようのない偶然の連鎖《れんさ》だった。外ではせいぜい大学にいるときか、ごくたまに塚越の都合がつかないときに電車で通学するときくらいしか一人になれないので、そういった僅かな時間と限られたルートで昔の級友に会う確率は、恐らく五パーセントにも満たなかったかもしれない。

その日、真治は慌てて大学に向かっていた。夜通し抱かれて、死んだように眠る。そんな日々を送っていれば、寝坊することもよくあった。

カーテンを通して差し込む光にぼんやりと目を開け、ハッとして時計を見る。

「やばいっ」

講義が始まるまであと四十分しかない。この前も休んでしまったし、もうこれ以上サボれない。真治は慌てて飛び起き、シャワーを浴びようとベッドを降りかけた。その脚を、隣で寝ていた塚越が長い腕を伸ばして捕まえる。

「どうしたの。まだ休んでろよ。三時間も寝てないじゃん」

「俺、急いでんだ。大学に行かなくちゃ。講義に出なくちゃ」

「どうして。別にいいだろ、単位とれれば」

「だって、せっかく入ったのに。それに、勉強してないと、このご時世ちゃんと就職できない」

「そうだよな。お前は、俺と一緒にいるよりも、他を選んだんだよな。俺が、金くらいなんとかしてやるって言ったのに」

ふといきなり昔のことを持ち出されて、真治は呆気《あっけ》にとられた。まだ根に持っていたとは知らなかった。確かに別の大学に行くと決めたときから、ほぼ一年間、ずっと行くな行くなと言われていたのだから、相当恨《うら》んでいたことは間違いないのだが。

「ああ、もう大学なんてどこだっていい。卒業できりゃいいんだよ。お前の就職口くらい、俺が何とかしてやる。別に働かなくたって全然構わない。俺とずっとここにいればいいじゃんか」

「そんなこと言うなよ。頼むよ、行かせて」

だだをこね始めた塚越を持て余して、真治はとにかく頼み込む。

「勉強も、ようやく楽しいって思えるようになってきたんだ。大学行くの、辛いとしか思ってなかったから。お前のお陰で、大学に行くのが苦痛じゃなくなったんだよ。だから、行きたいんだ、大学。な、いいだろ」

まるで小さい子供に言い聞かせているようだと思う。塚越は大人びた奴だと思っていたのに、いつからこんなやり取りをするようになったのだろう。

「そっか。そんなに行きたいのか」

塚越は落胆して、真治の脚を離した。項垂《うなだ》れた太い首が、逞しい肩が、どことなく寂しげに見える。

「ごめんな。俺、真治と離れるとき、いつも辛くて」

「祐紀」

「わがまま言ってごめんな。俺のこと嫌いにならないで」

「ならないよ。なるわけない」

なんだか愛おしくなって、真治は思わず塚越に抱きついた。

「帰ったら、お前の好きなもの作るから。作れないものだったら、ネットでレシピ探して、何とか頑張るから」

「そこまでしなくていいよ」

ようやく、塚越は笑った。

「愛してるよ、真治」

真治の首に太い腕を巻き付けて、熱い胸に抱き寄せ、ゆっくりと口を吸う。夢中になりそうになって、真治はハッと我に返った。シャワーを浴びたら間に合うかは五分五分《ごぶごぶ》だ。

けれど、精液のこびりついた体で出られるわけがない。真治は急いでバスルームに駆け込み、体を洗った。ものの五分程度で上がると、タオルと着替えがきちんと用意されていて、本当によく気がつくものだと感心する。リビングでは車のキーを持った塚越が待ち構えていて、すぐに出ようと促《うなが》してくれる。車の中でパンとお茶を渡されて、簡単な朝食まで済ませることができた。

「じゃあ、いってらっしゃい」

いつものように正門前に停めて、出る直前に不意打ちのようにチュッと頬にキスをされる。思わず誰かが覗《のぞ》き込んでいないかと周りを見ると、「確認してからしたから大丈夫」と笑われた。

「じゃあ、終わった頃また迎えに来るから」

「いつもありがとな」

「俺がお前と一緒に車に乗りたいだけ。――あ」

「どうした？」

「そういえば、まだカーセックスしてない」

朝から性欲おう盛なことを言われて呆れて車を出ると、後ろで楽しそうに笑っている声がする。走って講堂へ向かい中へ入ると、丁度教授も入ってきたところだった。

（よかった、間に合った）

ホッとして席につき、送ってくれた塚越に深く感謝する。寝坊した原因は塚越にあるものの、間に合ったのも塚越のお陰だ。一緒に暮らしているのだから当然とはいえ、生活の全てに塚越の影響があって、今ではあの男のいない日常というものが想像できない。

塚越と過ごしていると、甘やかされ過ぎて、身も心も蕩かされて、いよいよ自分がだめになってしまいそうになる。だから、多少それに抗《あらが》っているくらいが、丁度いい。いくら好きだからといって唯々諾々《いいだくだく》と全てを呑み込んでいたら、そのうちあの部屋から一歩も出られなくなってしまうだろう。

「おはよー、佐藤」

「ああ、仲村。おはよ」

今では何の恐れもなく、普通に友人と会話することができる。もちろん塚越との関係など後ろ暗い秘密はいまだにあるものの、自分の中にある闇は少しずつ薄らいできたように思う。

「今日の中国語、休講だって」

「えっ。この次のやつ？」

「そうそう。俺、指定されてたページまで読んでなかったから助かったけどさ」

中国語の教授は滅多に休講にしないので初めてのことだった。どうやって時間を潰そうかと考えていると、仲村が携帯を見ながら、あっと声を上げる。

「なあ佐藤、新宿あたり出ない？　早めの昼食べてこようぜ」

「え、どうしたんだ、いきなり」

「クーポン買ってたんだけど、今日までだった。やべえ。俺、夜予定あるからさ。今ソッコーで予約する。だめ？　一緒に行けない？」

「ああ、そういうことなら、もちろんいいけど」

「やったあ！　助かるわー」

今まで仲村には何度も飲もうと誘いを受けて来たけれど、こんな形で一緒に出かけることになるとは思わなかった。

(祐紀には内緒にしなきゃいけないな)

間違いなくものすごい嫉妬をするだろうから、これは隠さなければいけない。それにしても、男と出かけるのにも気を遣わなければいけないのだから、男同士で付き合うのは大変だなとどこか客観的に真治は思った。

＊＊＊

鳳華院高校のかつてのクラスメイトと偶然出会ったのは、このときだった。仲村がクーポンを消費しなければと訪れたのはなかなか洒落たイタリアンレストランで、昼時の利用者は主に主婦層が多かった。だから、突然懐かしい声に呼びかけられたとき、真治はまさかという思いがした。

「お〜い！　佐藤じゃねえか！」

「あ。厚木！」

それは三年のとき同じクラスだった「金魚のフン」の厚木だった。相変わらず目をキョロキョロとさせて、どこか人の顔色を窺うような小心者《しょうしんもの》に見える視線も変わっていない。

真治がレストランに入って来る前から見えていたのだろう。窓際に面した席に一人で座っていて、大げさにはしゃいで近寄って来た。

「お前、偶然だなあ！　うわ、めっちゃビックリしたあ」

「俺だってびっくりしたよ。厚木もこんなところに来るんだな」

「誰？　友達？」

二人のやり取りを不思議そうに見ていた仲村に、厚木はへこへこと頭を下げる。

「どーもー！　佐藤君の高校の同級生の厚木です！」

「あ、そうなんだ。佐藤って確か」

「俺、鳳華院高校だよ」

「ああ、そうそう！　へえ、あそこ出身の人が来るんじゃや、ここ結構いいのかもな」

「え、どういうこと？　俺、今日はクーポン消費するために来たんだよ」

厚木の台詞に、真治と仲村は顔を見合わせ、思わず噴き出した。まさか同じ理由でギリギリに駆け込んでいるのが他にもいたなんて。しかも、友人だったなんて、しょうもない偶然だ。

「あ、なあなあ、ここで会ったのも何かの縁だし、今度クラスの奴らと飲もうぜ！」

「今度？」

「そうそう。まだ日にち決めてないんだけどさ。皆お前に会いたがってたし！」

「そうなのか」

行きたいと思ったけれど、塚越が必ず反対するだろう。話題にするだけでも嫉妬するのだから、飲み会なんてとんでもないに違いない。

「ごめん、せっかくだけど」

「えー！　何でだよ」

「その、今、ちょっとな。出かけるの禁止されてて」

「ん？　なになに、もしかして彼女か何か？」

ゴシップの匂いを嗅ぎ付けて目を輝かせる厚木に、「まあ、そんなようなもの」と笑って誤摩化す。

「なんか別の理由言って出て来ちまえばいいじゃん！　実家帰るとかさあ」

「何で今の時期実家に帰るんだよ。お盆で帰ったばっかなのに」

ふと、紗理奈との再会のことを思い出して、切なくなる。彼女にはもう二度と会えないのだろうか。同級生たちにも、この機会を逃せば二度と会えなくなってしまうような気がして、妙に気が焦る。

「でも、そうだな。どうにかして、俺も参加したいけど」

「家のことなら彼女だって文句言えねえじゃん！　友達だったらさ、アタシと友達、どっちが大切なのよお！　とか言いそうだけどさあ。わあ、ウッゼエー」

お前の方がウゼエよ、という塚越の声が頭の中で響く。それにしても、やはり厚木の言う通りかもしれない。塚越が自分に外出を許してくれるのは、家の理由の他にはない気がする。

「わかった。何とかしてみる」

「そうこなくっちゃ！　あ、俺の連絡先知ってるよな？　メアドとか」

「うん。変わってないんだろ？」

「おう、そのまんま。じゃあ、日時決まったら連絡するから！」

長い立ち話を終えてようやく席に着くと、さてどうやって誤摩化そうかという思案に取り憑かれる。そういえば、携帯にはちゃんと同級生の連絡先が残っているじゃないか。今までどうして連絡しようと思わなかったのだろう。長らく塚越としか連絡をとっていなかったので、今更という気がして同級生たちにメールを打つという考えすら湧いてこなかった。

何となくアドレス帳を開いて、厚木のものが消えていないかを確認してみる。

「えっ」

思わず、声が出てしまった。

「どうしたの」

「あ、いや。ごめん、何でもない」

「だけど、顔色悪いじゃん」

「そう？　何でもないよ、大丈夫」

同級生の名簿が、消えている。家族や親族のものや中学生以前の友達のものは残っているのに、綺麗さっぱり、鳳華院高校の友人たちのものだけがない。

（きっと塚越だ。どうして？　何でここまでするんだ）

なぜ今まで気づかなかったのか。いつ操作されたのか。チャンスはいくらでもあった。どのくらい前に消されていたのかはわからない。滅多に携帯を使わないし、家族か塚越からの連絡しかなかった真治の携帯には、着信履歴も受信履歴もそのどちらかの名前しかない。そして、真治からかけるのもまたこのどちらかだったので、アドレス帳など見ずにそこから直接電話をかけたりメールの返信をしたりしていた。だから気づかなかったのだ。

今回厚木のことがなければ、気づくのは更に先のことだっただろう。

「さっき話してた、お前の彼女ってさ」

唐突な仲村の言葉に、ぎくりとする。そして、次の発言に、心臓は破裂寸前まで動揺した。

「あのいつも車で迎えに来てる奴じゃない？」

「えっ、何で。あいつ男だよ」

「そうだけど。何となく」

まさか、今朝の車の中でのキスを見られてしまったのだろうか。不安げになった真治の顔を見て、仲村は微妙な表情になる。

「だってさ、お前と喋ってると、すげえ睨まれるんだもん。なんか、見張られてるみたいで怖いよ」

「睨むって。仲村をか？」

「そうだよ。なんか、お前と話してる奴、誰でも睨んでる。番犬かって思った」

そんな露骨なことをしていたなんて、まるで気づかなかった。塚越は人当たりのいい奴だと思っていたけれど、やはり恋人となると、その周囲には警戒してしまうものなのだろうか。

「ああ、そうそう、番犬っぽいかも。前に俺、色々あったから。あいつ心配してるみたいでさ」

「ふーん。そうなんだ。それって、もう解決してるんだろ？」

「うん、まあ、一応」

「じゃあ、あんな態度とる必要ないのにな。たまにだからいいけどさ、あんな奴がいつもお前の側にいたら、誰もお前に近寄れなくなっちゃうよ。殺されそうでこえーもん」

それが塚越の目的なのだから、その睨みは十分な効力を発揮しているのだろう。どおりで最近はあまり飲みに誘わなくなったわけだ、と真治は納得した。あんな外見の番犬が後ろに控えていたら、さぞ迫力があることだろう。特別な関係なのではと疑われても無理はない。

クーポンで食べたイタリアンはなかなか美味しかった。この手のものに詳しくない真治は、どうしてこんな安い値段でこのコースが食べられるのか不思議だった。最近はネットでこういう格安のクーポンがたくさん出回っているのだという。レストランに限らず、英会話の体験コースや、エステの脱毛まであるのだそうだ。安かろう悪かろうという考えがあったので、このレストランがまずくなかったことが意外だった。ただ、アドレスの件で急激に食欲を失ってしまったので、半分くらいを仲村に任せてしまった。

真治は厚木がレストランを出る前に改めて連絡先を教えてもらい、無事にあのマンションを抜け出す計画を立て始めた。どうして、塚越は真治の携帯から勝手に友人たちの連絡先を消してしまったのか。そこまでして接触させたくないのは、嫉妬という理由だけなのか。きっと、そうなのだろう。自分で使った玩具にすら嫉妬するようなやつなのだから、嫉妬ゆえに極端な行動をしてもおかしくはない。そう思いながらも、真治は嫉妬の他にも何か別の理由があるのではないかと感じていた。つい最近にようやく塚越への恋情を自覚したばかりなのに、なぜこんなことを考えてしまうのだろう。ぐるぐると思考を始めた矢先に、考えるな、とまた例の声が聞こえる。ここのところ静かだったのに、なぜ今になって、と真治は戦慄した。この声は一体何なのか。誰なのか。ことあるごとに飛び出して来て、思い出すな、考えるな、と真治の思考を遮るのは、どうしてなのか。けれど、それに逆らって考え続けたら、どうなるのだろうか？　思い出そうとしたら？　けれど、一体何を？　何を『思い出すな』と警告しているのだろうか。

急に、ゾクリ、と氷のように冷えた何かに足下《あしもと》を搦《から》めとられた気がした。ふいに、真治はどこへ帰ればいいのか、安全な場所はどこなのか、わからなくなった。

止められていた時計の針が、動き出したような気がした。

＊＊＊

「今日、大学の後、実家寄ってから帰るよ。だから迎えに来なくても大丈夫」

大学に送ってもらう車の中でそう伝えると、塚越は小首を傾げた。

「実家？　何でいきなり」

「家に親戚が泊まりに来ることになったから、俺の部屋使わせるんだって。一応、整理とかして来る」

これは嘘じゃなかった。真治は自分でも嘘が得意ではないとわかっているので、真実を混ぜた話をしないと、説得力がなくなってしまうと思った。ただ、部屋を使わせるというのは確定してはいない。

「そっか。でも、俺送ってくぞ」

「前にも言っただろ。親が、金持ちの友達に影響されないか心配してるって。あのスポーツカーで家の前にでも停めてみろよ。一緒に暮らすのやめろって言われる」

そう言うと、塚越は渋々わかった、とこちらの意思を通してくれた。かなりスムーズに計画が実行に移せたことで、ホッと安堵した。飲み会は実家から近い場所ですることにしてもらったので、実際家にも寄ることにしてある。その後出かけて、アルコールは飲まずに皆と話して帰ればいい。これは別に裏切りでも何でもない。ただ偶然が重なってこういう展開になっただけのことだ。そう、自分に言い聞かせた。

飲み会は繁華街のチェーン居酒屋で行われた。金曜日の夜だったので、店内はほぼ満員で、あちこちで会社帰りのサラリーマンが盛り上がっている。

「それじゃ、再会を祝して、カンパーイ！」

その雰囲気に煽られたのか、やたらと高いテンションで乾杯する。

「再会っつっても、それって佐藤だけだけどな！」

「他ほとんど同じメンツで上がってるもんなあ。つまんねえ」

「まあそう言うなよ。俺、マジ嬉しいよ。佐藤久しぶり過ぎて眩《まぶ》しい！」

ギャハハと高校時代そのままの雰囲気で盛り上がる面々。今日来ているのは三年生のときのクラスメイトたちで、真治と厚木を含めて六人ほどだった。真治も懐かしさに思わずビールを注文しそうになったけれど、酒の臭いなどさせて帰ったら塚越の反応が予想できず恐ろしい。一人だけ寂しくウーロン茶を飲みつつ、かつての友人たちを眺めた。皆やはり変わっていない。ここに集まっているのは厚木と真治を抜けば皆がエスカレーターで上がって来た古参組だ。彼らは元々あか抜けているので、大学デビューという言葉からも縁遠かった。

「それにしても、偶然だったんだろ？　厚木と佐藤が会ったのって」

「そうそう、そうなんだよ！　俺は本当に、あのときばかりは運命を感じたよ！」

「ハイハイ、お前が言うとうさん臭く聞こえるから」

「ほんと、佐藤いきなり会えなくなっちゃったし、連絡も途絶えちゃったからさ。マジこうしてまた会えるなんて思ってなかったよ」

そう言われて、これまで自分がどれほど不義理なことをしていたのかを思い出す。会えて嬉しいし、楽しい飲み会にしたいからしんみりした空気にはしたくないけれど、まずは皆に謝ろうと思った。

「今更だけど、ごめんな。俺のためにあんなすごい合格パーティーやってくれたのに、それから全然俺学校行かなかったもんな」

「そうそう、そうだよ。俺、聞いてもいいもんか迷ってたけど、やっぱり聞きたい」

皆がそう思っていたのか、真治が最初に謝ると、場が異様な熱気を帯びる。

「俺ら、皆お前のことすげえ心配してたよ。なあ」

「そうだよ。だって、あんなに盛り上がったパーティーの直後だろ。皆で心配してさ、見舞いに行こうぜって言ってたのに、祐紀が止めたんだよ」

「え。そうだったの」

話題に出ることが当たり前だとわかっていても、かつての同級生たちがその名前を口にすると、何か恥ずかしいような後ろめたいような、微妙な気持ちになり、口が重くなる。

そういえば、ここにいるのは皆、塚越を名前で呼べるようなメンツばかりだ。厚木だけは無理矢理呼んでいたようなものだけれど、塚越と親しかったことには違いない。

「俺一人でいいから、って。そんときは、確かに大勢で押し掛けたら、お前がどんな状態になってるかわかんねえし、困るかもしれねえからって諦めたけどさ」

「あいつ、お前が鬱《うつ》だって言ってよ。そっとしておいてやろうって言うから、皆連絡とるのやめたんだぜ。でも、いつまで経っても同じ状態でさ。あいつずっと俺らがお前と連絡とろうとするの止めてたんだ。いまだにだぜ」

　真治はそのとき、自分がどういう顔をしているのかわからなかった。真治の携帯から連絡先を消しただけでなく、同級生たちにも念入りに連絡を禁じていたのか。

（おかしい。変だよ、祐紀）

　確かにあのとき、自分の状態は鬱と呼べるものだったに違いない。それでも、少しずつは回復していたのだ。それは塚越のお陰でもあった。しかし、その頃から級友たちとの接触を阻《はば》んでいたのだ。てっきり、恋人関係になってから、嫉妬でそういうことをしているのかと思っていた。けれど、そうではない。きっとまだ他に理由があるのだ。

「あー、ごめん。なんかあいつの悪口みたいなのばっか言って」

　真治の沈黙を気まずさととったのか、なぜか謝られてしまう。

「そういえば、佐藤は祐紀と仲良かったよな」

「あいつが編入組と仲良くなるなんて珍しいもん。佐藤、そういう意味でも結構有名だったなあ」

「ほんとほんと。男なのに祐紀のファボとか言われてさ。でも、確かにあいつちょっとソッチの意味でもお前のこと好きだったんじゃねーかな」

「おいおいおい、どういうことだよ！」

ゴシップ好きの厚木が目を輝かせる。厚木を好意的に見ている真治だったが、このときばかりは忌々《いまいま》しいと思った。

「祐紀って、真治にオネツだったのお！」

「なんだ、オネツって。昭和生まれみたいな言い方すんなよ。でも、まあそうだったんじゃない？　実際」

「佐藤に彼女ができたときだって、あいつすげえ荒れてたもんなあ」

「え？」

真治は目を見開いた。今、彼は何と言ったのか。

（どうして――――知ってるんだ）

あれは夏休み中の夏期講習の話だ。受験勉強などには関係ない大抵のクラスメイトたちは予備校になど来ていなかった。紗理奈も別の高校だったし、しかも夏休み中に引っ越しまでしてしまったので、そのことを知る人間はかなり限られるはずだった。

「あれ？　佐藤、祐紀が知ってたの、知らなかったの」

「うん。だって、誰も話題にしなかっただろ」

「そりゃそうだよ。そんなもん話題にしたらひどい目にあっちまうし」

「ひどい目って、どういうこと」

　同級生たちは顔を見合わせた後、真治を見つめた。奇妙な沈黙がその場を覆ったとき、厚木がそれを出し抜けに破る。

「まあ、いいじゃん、別に！　ここだけの話なんだしさ。第一、佐藤はもう別の大学行ってんだし、もう祐紀とは付き合いないんだろうから、構わないだろ」

「ああ。そうだよな。祐紀も、今は別の何かに夢中なんだろうし。ほとんど大学来てねえしな」

「あいつ、学校行ってないの」

　道理で、いつも真治の送り迎えが可能なはずだ。

「でも、それだと単位とれないんじゃ」

「全然、ヨユーだろ。あいつの家が鳳華院にどんだけ寄付してるか知ってるか？　一日も来なくたって卒業できるよ」

「そうだよ。小学校だって中学校だって、全然真面目に来てなかったぜ。俺思うんだけど、高校でほぼ皆勤賞だったのって、佐藤がいたからだよな。権力にもの言わせて三年間同じクラスにまでさせてさ」

　あまりにも予想外な発言に、真治は目を丸くした。三年間同じクラスだったのは、塚越がそれを望んでいたからだというのか。

「権力に、って――同じクラスとか、そんなこと、できるはず」

「できるって。佐藤は高校から入ったから知らないんだよ。あいつに逆らえる教師なんていないんだから」

「そうそう、気に入らない奴は即クビ。家の規模であいつと張れるのなんて、実際太田川くらいだったよな。太田川も嫌な奴だけどさ、どんなに勉強したって遊んでる祐紀に敵《かな》わないのはさすがに可哀想だったわ」

「今だって大学より事業拡大に夢中なんだってな。悔しいけどあいつは天才だよ。もうでかい会社ひとつ任されてるんだろ。造船の方だっけ。すげえ業績伸びてるらしいし」

「話戻そうぜ。佐藤の彼女のこと」

「ああ、そうそう。祐紀の奴、夏休み中お前と遊ぼうと思って予備校の前で待ってたらしいぜ。それで、女といるとこ、見たんだってよ」

「そうだったんだ」

塚越に見られていたことなど、まるで知らなかった。多分そのときは、紗理奈との時間に夢中だったのだろう。塚越本人にも、昔から真治が好きだったとは聞いているので、そのときは辛い気持ちにさせてしまったのだろうか。

「それで、大騒ぎだよ。どっかのクソ女に天使汚されたってさあ」

「祐紀も、まさか佐藤が外に女作るとは思ってなかったんだろうな。学校じゃ根回しして絶対女近寄らせないようにしてたもんな」

「ははっ、そうそう！　自分は取っ替え引っ替えだったくせにな。あいつちょっと気持ち悪かったわ、マジで。俺小学校から一緒だったけど、あいつが男にあんな天使とか言ってんの初めて聞いた」

「俺も俺も。とうとういっちまったかと思ったよ。そりゃ、佐藤はすげえ綺麗な顔してるけどさあ。天然な雰囲気だけど、どうせ遊んでるんだろうなって思ってた。まあ話してみりゃ中身も綺麗なのはわかったけどさ」

「祐紀は外見は完璧だけど中身はひどいもんだよな。あいつのこと、皆怖がってたよ。逆らったら何されるかわかんねえもん」

「祐紀のこと男で本気で慕《した》ってたやつなんて、ホモの伊織くらいしかいなかったよな。今イギリスに留学しちまったけど。あんなメチャクチャなやつ友達として好きになれるやつなんか、いねえよ」

「そうそう、佐藤の彼女のことだって、自分で騒いでたくせに、学校始まってからその話した奴、フルボッコだったもんな。だから誰もそのこと話さなくなった」

「ふ、フルボッコ？」

上品な金持ち学校ではまず聞かない言葉に、思わず真治は尋ねた。

「な、殴った、ってこと？　ゆ、塚越が？」

「そうだよ。自分でも殴るし、人使って殴らせたりもする。あいつ、やってること完全ヤクザだから。女侍《はべ》らして情報操作して、気に入らなかったり裏切ったりした奴は暴力制裁。昔からそうだったんだから、筋金入りだぜ。佐藤はそういうこと、ぜーーんぜん知らないだろうけどな」

知らない。知るわけがない。信じられない。真治は呆然とした。

(あんなに気が利いて優しい祐紀が。優しくて何でもやってくれて、いつも先回りして面倒見てくれてた祐紀が)

さっきから、皆は一体誰のことを話しているんだろう、と不思議に思っていた。塚越が、そんなことをするはずがない。確かに彼女はよく変わったけれど、それはモテるからだ。それに、暴力を振るうなんて考えられなかった。塚越はいつだって優しくて、気が回って、他の金持ちの甘やかされたお坊ちゃんとは全然違うと思っていた。だからこそ、親友と呼べるほど親密になったのだ。

「あいつの怖いところはさ、ヤクザな行動もそうだけど、頭めちゃくちゃイイから計画的過ぎて嫌なんだよ」

「そうなんだよな！　最初は何の目的かわかんないんだけど、結局それに流されてる内にあいつの思い通りの展開になってんだよ」

「あるあるある。俺いまだに忘れらんねえのがさ、子供んときの誕生会だよ。俺はチョコレートが好きだったからさ、当然誕生ケーキもチョコにしようと思ってたわけ。でも誕生日の数日前からさ、犬のフン踏んづけたり、トイレ掃除のときに汚ぇ忘れもんがあったり、挙げ句の果てにチョコ菓子にあたって腹痛起こしたりさ。もう茶色いもん見るのも嫌になって、生クリームのケーキにしたわけ。そしたらあいつ、『よかったー、俺チョコケーキ嫌いだったんだよね』って。あれ？　そういえば、あれもそれも、あいつの細工じゃねえかって、後になって思えてきてさ」

「こええええ！　ガキん頃からそんな策士《さくし》なのかよ」

「それはさすがに偶然なんじゃないの？」

あまりに話を作りすぎている気がして、真治は苦笑いする。すると、周りは一斉に首を横に振る。

「違うよ、あいつ普通にそういうことするんだ。絶対に自分の思い通りにしようとするよ」

「そうそう。佐藤はさ、正直男でよかったよな」

「え、どうして」

「お前が女であそこまで気に入られてたら、すぐ妊娠させられてるよ。強制的にデキ婚でさ。あとは浮気しないように軟禁かな」

「あいつなら、浮気したらこうなる、って恐怖も植え付けるだろうなー。もしくは、最初からできないようになんか前もって作戦立てるとか。あー、だめだ、俺の頭じゃデキ婚までしか予想できねえ」

「実際の話で考えるからだめなんだよ。小説みたいな展開考えりゃいいんだ。普通は常識とか罪悪感とかがあってできないことが、あいつには簡単にできる。通常の人間なら踏みとどまるってところで、あいつは平気で踏み出せちまうんだよ。そういう意味では、頭おかしいんだよな、やっぱ」

――普通は常識とか罪悪感とかがあってできないことが、あいつには簡単にできる。

真治はその言葉に、なぜか戦慄した。心の中で、何かが繋がった気がした。

「怖いわー祐紀。あいつの敵にはなりたくないけど、気に入られ過ぎるのもやだわー」

「安心しろよ、厚木はぜってえ祐紀のファボになんねえから」

「ん？　おい、佐藤大丈夫か。なんか顔色悪くないか」

ウーロン茶のグラスを握る手が少し震えていたことに気づいて、ハッと我に返る。

「ああ、ごめん。大丈夫だよ」

「お前、酒飲んでないのに悪酔いした？」

「もしかして祐紀のこと悪く言ったせい？」

「でもこれ全部ほんとの話だから。お前はもう離れられてるから関係ないと思うけどさ。もしまた繋がりできたりしたら、気をつけろよ」

「まあ気をつけててもいつの間にかあいつの罠にハマってんだけどな」

「これ以上佐藤怖がらせんのやめろよー」

冗談なのか本気なのかわからないことを言って笑っている級友たち。真治もそれに合わせて微笑してみるものの、ぎこちない笑顔しか作れていないのが自分でもわかった。


あまり遅くなっても都合が悪い気がするので、二時間旧交を温めた後、二次会には行かずにそのまま電車で帰ろうとした。

すると、塚越が駅前で待っていた。真治は驚かなかった。

「同級会、楽しかったか」

真治は塚越に何も連絡していない。けれど、塚越がここに来るのもわかっていたような気がする。塚越は真治のいる場所にならどこにだって現れるのだ。

「乗れよ」

駅前のロータリーに停めてある青いジャガーに顎をしゃくる。真治は大人しくついて行く。頭の中は考え事でいっぱいだ。一体、どこからどこまでが、塚越の罠だったのか。

同級生たちの話を聞いていて、ひとつわかっていたことがある。自分はレイプされて全ての男たちを疑いながらも、ただ一人に対してだけは、意識的に深く考えないようにしていたことだ。

「なあ、真治」

いつもより少し乱暴な運転をしながら、塚越は前を向いたまま優しく言った。

「どんな風に、お仕置きされたい」

真治は隣に座る男の顔をゆっくりと見た。夜の街の光を映して、青く、赤く、鮮やかに変わる端整《たんせい》な横顔。

「目隠しして」

「目隠し？　うん、いいよ」

「それで、手足縛って」

「はは、何それ。真治、そんな趣味あったの」

「それで、なんかクスリ、いいの嗅がせて」

赤信号で、車が止まる。塚越は静かに真治を見る。真治もまっすぐに塚越を見つめ返す。

もう、通じているはずだ。真治が口にしているのは、あの夜の状況。真治と犯人の二人しか知らない、あの春の夜の悪夢。

「持ってるんだろ」

「持ってないよ」

「最初のとき、使ったじゃないか」

「何言ってるんだよ」

F
出口
Exit
1～6

塚越は疲れたように緩く首を振る。

「お前、なんか変なこと聞かされたの」

「何も」

真治は項垂れた。聞かなければよかったという後悔が押し寄せてくる。聞かなければ、きっと思い出さずに済んだのだから。けれど、もうなかったことにはできなかった。このまま、この道を進むしかないのだ。

「ただ、だんだん、思い出してきたんだ。あのときの。考えないようにしてた部分、開けてみたら──」

信号が青に変わり、塚越は黙って運転を再開した。

「クスリはだめだ。使い過ぎると体も心も壊れる」

「俺を壊したいんじゃないの」

「壊したいわけないだろ。百万人壊そうと、お前だけは壊さない」

それじゃあ、なぜあんなことをしたのだろう。そう考えて、真治は自嘲した。常識的に考えようとするから、迷うのだ。自分には、わかっているはずだった。

(──誰も知らない)

真治は考え続けている。

(俺たちのことは、俺と、祐紀しか)

あの夜。レイプされた日の前日。あの夜は、何があったのか。店のフロントで、塚越と天野が会っている。天野の反応は、本当に久しぶりに会う人間のものだった。塚越は天野を見た。天野の背後にいる、山崎を見た。その後、塚越の計画してくれたサプライズパーティーで、皆で夜通し盛り上がった。誰かが持ち込んだ酒を、主役だからと飲まされたように思う。記憶の飛んでいる部分がある。「お前、本当に天使みたいな奴だな」そう言った塚越の声を、覚えている。真治は塚越に抱きついた。塚越の目は濡れていた。

あのとき、塚越は全てを決めてしまったんだろうか。

山崎のカメラのカラクリも、考えてみれば単純なものだ。盗んで使って戻したのか、それとも使ったカメラを何らかの形で預けたのか、どちらかだろう。山崎がカメラの中のものに興味を覚え、その画像を保存するであろうことは、確信していたに違いない。

ふいに、あの男がどうなったのか、全く興味を覚えない自分に気がついて、ぞっとした。山崎のことも、天野のことも、もうどうでもよくなっていたのだ。真治は、塚越のこと以外、考えられなくなっていた。

「お望み通り、目隠しして、手足縛って、お仕置きしてやるよ」

マンションに戻るや否や、塚越は甘い声で囁いて、視界を塞いでくる。裸にされて、ベッドに運ばれる、タオルのようなもので手足を縛られて、柱に括《くく》り付けられる。あのときと同じ、半年ぶりのこの状況。より鮮明になった悪夢が蘇《よみがえ》った。

「真治。どうして黙って出かけたの」

肌を撫でる乾いた大きな手。小指のリングの冷たさが皮膚の上を滑る。金属アレルギーだったという山崎。あの夜も、小指のリングの感触を感じていた。

「お前が俺を、閉じ込めるから」

「だって心配なんだよ。お前は可愛い。綺麗だ。襲われるかもしれない」

塚越の指が、乳首の周りを執拗《しつよう》になぞる。真治は喘いだ。下腹部が疼く。乳頭を指先で左右に弄《もてあそ》ばれて、すっかりそこが勃起して形を成していることに気づく。

「こんなエロい体、狙われるに決まってる。お前がこんなに淫乱だなんて、わからなかった。花は咲いちまったら蕾《つぼみ》には戻れないんだ。俺は蕾のお前に恋してた。花のお前には溺れてる。花は咲いちまったら実らせて自分のもんにできるのに、お前は結実しない。お前はこんなに綺麗に咲いて男誘う香り垂れ流してるのに、実らない。他の誰にも散らされないように、大事に囲って、毎日世話して、愛して、それでも足りない。不安なんだ」

塚越が子供のように言い募《つの》った。

「どうして不安なの。俺がお前から離れられないの、知ってるくせに。そういう風に、お前がしたくせに」

乳首を口に含まれて、甘い喘ぎが漏れた。ねっとりと乳頭を吸われて、腰が浮いた。目隠しをされているせいで、感覚が鋭くなっていた。舌のざらつきを、飽《あ》くことなく肌を撫で回す手のひらの皮膚の感触を、つぶさに感じた。

あの夜もそうだった。ああ、そうだ。ずっとこうして乳首を吸われていた。出ない乳を吸い上げようとする赤ん坊のように、執拗にしゃぶられていた。しゃぶりながら、あの男は射精した。僅かな呻きと、部屋にむっと立ちこめた精液の臭いで、それを察した。乳首からは何も出ないのだと諦めたのか、今度はペニスを頬張った。そちらからは簡単に出た。男は夢中になってそれを飲んだ。尿道の奥に残っているものまで吸い上げようとするように、射精後もずっとしゃぶっていた。

「お前が俺だけを見てくれないから。他のものによそ見するから。だから嫌なんだ。ずっと引きこもってたのに、お前はまた外へ出た。少しずつ外の世界に戻り始めた。お前は、どんなに踏まれても、深い傷がついても、外の世界が好きなんだ。俺と二人だけの世界じゃ物足りないんだ。お前は俺だけ見てればいいのに。俺はお前しか見てないのに」

（ああ、そうか）

大学でようやく他人と言葉を交わせるようになった頃。あの写真には、そういう意味があったのだ。傷を再び開いたのは、再び部屋に閉じこもって欲しかったからなのだ。

（お前の計画は全て成功しているのに。それでもまだ、不安なのか）

級友たちの話を思い出す。塚越は策士だと言っていた。どんな手段を使っても自分の思い通りにするのだと。策を幾重《いくえ》にも張り巡らせるのは、塚越が常に不安だからだ。何も信用できないからだ。

（まるで、赤ん坊だ）

一心不乱に泣いて、母親の関心を自分のものにしようと、全身でその愛情を獲得しようと必死になる、赤ん坊。母親に愛されなくては、死んでしまうから。一人では、生きていけないから。泣き声でしか母親を呼べないから、火のついたように泣き叫ぶのだ。塚越は、もちろん泣き喚いたりはしない。様々な策を弄《ろう》して自分をここに閉じ込めた。けれど、そのがむしゃらで異常とも思える執着心は、本能で母を求める赤ん坊そのものだ。

「そうだよ、わかってたんだ。天使には羽根があるんだ。外に出したら、飛んでっちまう。だから、羽根を折ることにした。だけど、羽根が折れたら、堕《お》ちて来たのは肉欲の地獄だ。お前が想像よりもずっとやらしくて、俺は夢中になって、ますます不安になった。羽根のなくなった天使がいつか悪魔になっちまうんじゃないかって、怖くなった」

「俺は、天使じゃない。悪魔でもないっ」

ペニスをしゃぶられて、後ろを拡げられながら、真治は荒い息の合間から叫んだ。

「羽根なんか、元々ない。どこにも飛んで行けない。俺は、お前から逃げられない。お前がそうしたんだろ？」

「真治」

男の荒い息。ぬちゅぬちゅと粘《ねば》つく音。尻の熱い痺れ。交錯《こうさく》する記憶。

「俺が、憎いだろ？」

真治は男の低い囁きに、更に股間が勃然《ぼつぜん》とするのを感じる。目隠しをされていると、声にまでひどく感じる。ああ、あの夜は男は何も喋らなかった。ただ、獣のような忙しない呼吸だけが肌に吹きかけられていた。狂おしいほど激しく抱きしめられていた。

縋り付くように。逃がすまいとするように。目隠しもされて手足も縛られているのに、どうしてそんな風にしがみついてくるのか、不思議だった。

（だから、思い出すなって言ったのに）

また、例のあの声がする。その声は自分だ。嫌なこと、辛いことを感じない、見ようとしない、「天使」の自分。

思い出したくなかった。本当は、もうわかっていた。犯されているときから、感じていた。どうして、こんなことをするのか。激しい快楽の中で、真治は考えた。ただ、必死で求められているのを感じた。目隠し越しに、その前の晩の、熱く潤んだ瞳が透けて見えたような気がした。夕焼けの教室。真治が吐いたものを処理してやった神崎を羨ましいと言った塚越。

『だって、お前に体の中のもん、触ってもらえたじゃん』

家で腐ったものを食べて吐いたとき、誰も片付けてくれなかったから、自分でやったと言っていた。母親は、そういうことをしてくれる存在ではなかったのだと。

（お前は、吐き出したもの、俺に受け止めて欲しかったの？）

目隠しがずれる。視界に、涙でぐしゃぐしゃになった塚越の顔がある。腕を拘束していたタオルはとっくに緩んでいる。

（誰も、お前に触ってくれなかったの？　お前は、ずっと一人だったの？）

「憎くないよ」

「なんで」

「だってお前、ただの赤ん坊だもの」

すぐに、男の押し入ってくる圧迫感に襲われる。

「ああっ」

ぼたぼたと精液が腹に垂れる。気持ちいいところを擦られて、甲高い悲鳴を上げる。許して、許して、やめて。自分の泣き喚く声が蘇る。

「こんなに、でかい、赤ん坊なんて、いるかよ」

上で動く男の声が切なげに震えている。ベッドが軋む。腹の中で男が暴れ出す。

「俺が、お前を産んだんだ」

ベッドの軋みが止まる。

「俺が、お前をここまでさせた。無条件で俺だけを欲しがる、本能で母親を求める赤ん坊に変えた」

「お前は」

「俺が産んだ。だから、憎くない」

「お前は、何もしてない！」

のしかかられて、骨が折れそうなほど強く抱きしめられる。

「全部、全部、俺の」

ああ、この感覚は。ああ、この体温は。ああ、この感触は。

（そうだった。あの夜も、俺は、ずっと抱きしめられていた）

あの夜、縋り付かれた腕の強さ。小指にはめられたリング。気づいて欲しい、という気持ちは、きっと本人ですら認識していなかったに違いない。真治は、全てを感じていた。それなのに、自分は忘れた。あまりにも、大きかった。重かった。苦しかった。塚越の赤ん坊のような、ひたむき過ぎる、本能からの欲求を受け止め切れなかったのだ。

けれど今、思い出した。本当は、あのときだって、自分はこうしたかった。

「捕まえた」

耳に口を押し付けて、囁く。真治は首に腕を巻き付けて、強くしがみつく。大丈夫、ここにいるから。そんなに大きな声で泣き叫ばなくても、ずっとここにいるから。塚越の息が乱れる。真治の中のペニスがぐっと強張り、最奥に夥しい精液を吐き出した。

そのとき、真治は紛れもない愛おしさを感じた。

child

誰もが誤解していることがある。俺は母親を愛しちゃいなかった。憎んでいた。憎まれていたからだ。あの女は俺を産んだことをずっと後悔していた。俺を否定し続けた。顔はとても綺麗だったのに、中身は悪魔だった。あの女は俺をよく打った。産まなきゃよかった、早く死んでくれ、と俺を罵《ののし》った。とうとう俺を部屋に閉じ込めて、何日も放置した。俺が衰弱死《すいじゃくし》してくれればいいと思ったんだろう。三日後に俺は父親に助けられた。糞尿《ふんにょう》に塗《まみ》れて脱水症状を起こしていた俺は死ぬ寸前だった。それ以来、俺は母親から引き離された。

　母親が死んでくれたときは嬉しかった。棺桶《かんおけ》に入ったもの言わぬ顔が、とても綺麗だったからだ。あの女はキリスト教だったらしく、葬儀は教会で行われた。キリスト教では自殺が罪だったので、あの女は事故で死んだことになっていた。だけど実際、俺は事故だと思う。俺が産まれたのも事故だし、あの女が死んだのも事故だ。この世の出来事は、何だって事故なんだ。

　青味がかった灰色の目をした神父は、「あなたのお母様は天国へ行ったのですよ」と言った。神様になったの、と聞くと、そうではないと言う。

「私たちは皆神様の子供です。ですから、お母様は、神の御許《みもと》へ帰られたのです」

　俺はステンドグラスに描かれた絵を見ていた。真ん中の男が恐らく神様なのだろう。その周りを飛んでいるのが神様の子供というのだろうか。あれは何、と聞くと、神父は天使だと答えた。悪魔のようだったあの女は、死んで天使になったのだった。確かに、その死に顔は美しくて、無邪気に飛び回る天使のように清らかだった。もう二度と俺を打つことはない。俺を罵ることはない。俺は初めて、母親というものを愛した。俺の愛した母親は、死んだ母親だったのだ。

母親の形見に指輪を貰った。銀色の、飾りも何もない、ただの輪っかだった。小学校では親指にはめていた。それが中指、人差し指に変わり、最後には小指にしか入らなくなった。血の繋《つな》がらないハハオヤは、俺がつけているその指輪を見る度に嫌そうな顔をした。そんなもの捨ててしまいなさいと言われたけれど、言うことを聞かなかった。

彼女が俺を「汚《けが》らわしい女の子供」と言っていたのを聞いたことがあった。俺はこちらのハハオヤにも憎まれているらしかった。彼女は直接罵声《ばせい》を浴びせたり暴力を振るったりはしなかったけれど、その分陰湿な嫌がらせをされた。上の二人の兄貴には上等なものを与えるのに、俺には貧相《ひんそう》なものしかくれなかったり、外で食事をするときにも父親のいないときには俺だけ連絡がこず、家政婦の作った夕飯を一人でだだっ広い食堂で食べたりした。けれどこの家政婦もハハオヤと結託《けったく》していて、随分《ずいぶん》といじめられた。腐ったものを食べさせられて腹を壊したときはさすがに頭にきて、人に使ってはいけないと空手の師範《しはん》に教えられていた暴力を振るってしまった。奥様に訴えるとやかましく喚《わめ》くので、いつか何かのために使おうと思っていたネタで脅《おど》したら、その日からウサギのように大人しくなった。この女は膨大《ぼうだい》な量のハハオヤのアクセサリーの一部をちょろまかして質屋《しちや》に売っていたのだ。こんな風に言うことを聞かせられるのなら、もっと早くにやっておけばよかったと後悔した。俺は少しずつ暴力と脅迫《きょうはく》のやり方を覚えた。それは自分自身を守るためだった。

俺はこのハハオヤのことは憎いとも何とも思っていなかった。外見が醜《みにく》かったからだろうか。太っているくせにいつも体のラインの出るダサイ服を着ていて、まるでボンレスハムのようだった。子供の頃は俺に嫌がらせをしていたが、成長するにつれ熱い視線を向けてくるようになってきてうんざりしていた。血の繋がっていない若い男が同じ家に住んでいるのだから、浮気癖のあるこの女にしたら当然のことだったのかもしれない。一度同級生の女を部屋に連れ込んでやっていたら、ドアの隙間からハハオヤが見ていたことに気づいた。気味が悪くなった俺は、あまり家に帰らなくなった。

それにしても、俺はなぜあんなに憎んでいた女の指輪をずっと身につけていたのだろうか。それは、やはり俺が母親を愛し、求めていたからに他ならない。あんなに憎んでいたのに不思議なもので、死体が美しかったというだけで、俺の中ではおかしな記憶の改ざんが始まっていた。それは、母親は実は俺を憎んでおらず、愛してくれていたという設定だった。あまりにも馬鹿馬鹿しい妄想《もうそう》だけれど、母親が俺を罵るときの鬼のような形相《ぎょうそう》や、俺に飛びかかってくるときの獣のようなうなり声は、不思議ときちんと思い出すことができなくなっていた。俺の頭に残っているのは、綺麗な母親で、天使の母親だった。そんな俺が本当の天使に出会ったのは、高校の入学式のときだった。かったるくてサボろうかと思っていたけれど、どういうわけか登校してしまった。そして教室で最初にあいつに出会ったとき、俺はあまりにもその面差《おもざ》しが母親と一緒なのにびっくりして、なぜか勃起《ぼっき》しそうになった。

瞳の色が見とれてしまうほど美しい。光に当たると紫色に見えるところが神秘的だった。尋ねると、ハーフではなくクウォーターだという。俺の母親もそうだった。けれど彼女は顔立ちが少し白人に近いだけで、髪も目も黒かった。だから四分の一でもこの瞳の色が出るのかと驚いたが、以前ブラジルの工場長が日本に来たとき、知り合いの祖母が黒い肌に青い目をしているというのを聞いたことがあった。興味本位で写真も見たが、本当だった。あそこは複雑な血の混ざり方をしているのでそういうこともあるのだろう。真治《しんじ》の目の色も相当希少ではあるが、あり得ないことではなかった。もしかすると真治は本当の天使だから、こんな色彩を持って産まれたのかもしれないと妄想した。

真治は自分の美貌をまるで意識していないようだった。黙っていると垂れた大きな目が憂《うれ》いを帯び、どこか耽美《たんび》な風情《ふぜい》があるのに、笑うと太陽のように溌剌《はつらつ》とした優しい笑顔になった。人を疑わず何でも善意に解釈し、誰の悪口も言わない、本当に優しい性格で、真治は編入組なのにも拘《かかわ》らず、誰も彼もに愛されていた。

ただ一人、例外はあった。俺の幼なじみの伊織《いおり》だ。あいつはしょっちゅう俺の取り巻きに文句をつけては、自分が気に入らないとなれば難癖《なんくせ》をつけて、いじめて、中等部の頃に激しくやり合ったやつなんかは登校拒否にまでさせてしまった。一応親戚だってこともあるし、幼なじみだし、俺は多めに見ていた。けれど、真治にまでイチャモンをつけ始めたので、それに関しては真っ向《まっこう》から文句をつけた。けれど、あいつはやめなかった。

俺は二ヶ月くらいは我慢した。だけどあるとき、俺の目の前で真治の貸してくれたハンカチを汚いと言った。もう許せなかった。だから、手なずけていた不良に命令して、伊織を痛めつけさせた。皆の前で恥をかかせた。そしたらあいつは真治に向かってゲロ吐《は》きやがった。しかも真治はそれを気にせずに、あんなに罵詈雑言《ばりぞうごん》を浴びせてたやつの汚物《おぶつ》を躊躇《ためら》わず処理したんだ。俺はあの家政婦にひどいものを食わされた後、その場で吐いたことを思い出した。帰宅したハハオヤは心配するどころか、気に入っていたカーペットを汚されたのを烈火《れっか》の如《ごと》く怒り狂って、一刻も早く掃除しろと喚き立てた。惨《みじ》めだった。悲しかった。

真治、真治。お前が俺の母親だったらよかった。

俺はますますのぼせ上がって、この天使に気に入られたいと躍起《やっき》になった。俺を敵視する連中から俺のゴシップを聞かされても、真治はまるで気にしなかった。普通の人間なら近親相姦《きんしんそうかん》という言葉に生理的な嫌悪感《けんおかん》を感じるはずなのに、真治にはまるでそういった反応がなかった。こいつはもしかして頭が少し緩《ゆる》いのかもしれないと思ったけれど、そのことが殊更《ことさら》俺を深みにはまらせた。

真治を愛していた。夢中になっていた。こいつを逃《のが》したら、もう二度とこんな清らかな美しい存在には出会えないと思った。真治も俺を慕《した》ってくれているのがわかった。けれど、恋人になりたいなどとは、天使を汚してしまうようで言えなかった。だから、どこの馬の骨とも知れない女があいつを奪ったとき、俺は猛然と怒り狂った。

その女をナンパして軽く食事をすると、相手は簡単に引っかかった。こんなに軽い女に大切なあいつを奪われたのかと思うと、怒りと悲しみで暴れ出したくなる。ホテルに行き、シャワーも浴びずに舐めさせた。こんな大きいの、入るかなあなどと言いつつ、俺をしゃぶっている最中にびしょびしょに濡れていたので、俺は愛撫《あいぶ》もせずに後ろから突っ込んだ。女は動物みたいに喚いて、ぐちゃぐちゃに愛液を飛び散らせて、白目を剝《む》いて何度もイった。俺も、同じ場所に真治のアレが入ったのかと思うと、興奮した。

「お前、もう真治に近づくんじゃねえぞ」

出した後にさっさと股間《こかん》を拭《ふ》きながら忠告すると、女は何を勘違いしたのか恥ずかしそうに微笑んだ。

「うん。あたし、あなたの方がいい。あなたと付き合う」

女は俺の萎《な》えたものに頰《ほお》ずりした。女の股《また》の間で濡れた音がした。

「ねえ、もっとしたいよ」

「ばあか。もうやるかよ」

「ひどい」女はすねた顔をする。

「あたしのこと好きじゃないの」

「好きじゃねえし、二度と会えねえ」

「何で。どっか行っちゃうの」

「お前がどっか行くんだよ」

俺はおかしくて声を上げて笑った。

「お前の親父は転勤だ。とっとと北の方行っちまいな」

どういうこと、と女は顔を強張《こわば》らせた。俺はこの問答にいい加減苛《いら》ついて、舌打ちした。

「俺の言ってることわかんねえのか。この豚」

頬を張り飛ばした。軽い力のつもりが、女は吹っ飛んだ。波打つベッドの上で、怯《おび》えた目で俺を見た。そうだ、もっと怯えろ。怖がれ。あいつと関係を持ったことを後悔しろ。

「もう一回だけ言うぞ。真治に近づくな。破ったら、お前の親父、もう左遷《させん》じゃ済まねえから。一家で路頭《ろとう》に迷いたくないだろ」

「あんた、誰なの」

女は震え出した。俺がヤクザにでも見えたんだろうか。

「誰でもいいだろ。今度あいつとハメたら殺すぞ」

女はさすがに股も乾いたようで、慌てて服を着て転げるように部屋を出ていった。俺はひどく下らないことをしたように思って、気分が悪くなった。あんな女と、真治がやった。あんなずぶ濡れの緩い股に突っ込んで、あいつはイったんだろうか。想像したら、勃起した。

それから、真治に対する性欲が加速的にでかくなっていった。あいつを裸に剝いて全身舐《な》め回す夢をよく見た。男の裸なんて想像したくもないことのはずなのに、あいつの裸は気になった。顔や腕と同じで、全身雪のように真っ白なんだろうか。乳首の色は水泳の授業のときに見て、ピンクだって知ってる。でも、あそこはどうなんだろう。どんな色なんだろうか。どんな形なんだろうか。男の股間を想像して興奮するなんて初めてのことだった。中学生みたいに、あいつのが見たくて見たくて、仕方なかった。連れションして覗《のぞ》いてやろうかと思ったけれど、絶対勃起しちまうと思ったから諦《あきら》めた。あいつの柔らかそうな赤い唇に吸い付きたかった。愛撫して、感じさせて、喘《あえ》がせてみたかった。真治が別の大学に行く前にどうにかしたかった。タイムリミットが迫っていると思うと、毎晩の妄想はひどくなっていった。

俺がとうとう天使を犯したのは、あいつのサプライズパーティーをやった翌日だった。カラオケで偶然、数年ぶりに天野《あまの》に会って、その舎弟《しゃてい》の山崎《やまざき》を見て、一瞬で頭の中に計画が出来上がった。俺は一度見た顔は忘れない。あの男は覚醒剤《かくせいざい》の売人だ。前に通っていたクラブで天野と共に幅を利《き》かせていた。天野――うちの系列の会社社長の次男坊。鳳《ほう》華院《かいん》のOBで、ただ通ってりゃ卒業できる大学だったのに、調子に乗って作ったクラブサークルで集団で女マワして中退させられた阿呆《あほ》。それからはロクに仕事もせず、親父の金で遊びほうけてる。自分で稼ぐのはクスリの方だ。顎で使ってる舎弟の一人があの陰気な顔をした山崎だった。

いかにも前科のありそうなチンピラが真治の近くにいる。その夜ちょっと知り合いに聞いてみれば、ペドフィリアの変態野郎だった。犯人役には理想的だ。俺はすぐにピッキングの得意なチンピラを雇《やと》ってこの変態のカメラを盗ませ、そこに後々のための細工をすることにした。この日が来てしまったことに俺は浮かれ、同時に絶望していた。天使を汚してしまうのが怖かった。けれど逃がす気はなかった。計画を実行に移せば、いずれ真治が必ずこの手に落ちるのはわかっていた。俺は自分の頭に絶対の自信を持っていた。万が一思い通りにいかなくても、最終的な目的を達成するまで、いくらでも、幾重《いくえ》にも罠《わな》を仕掛けるつもりだった。やらないという選択肢はなかった。

初めて抱いた真治は頭がおかしくなりそうなほど可愛かった。真治は恐怖でずっと泣いていた。やめて、助けて、と俺に懇願《こんがん》した。可哀想《かわいそう》になって、途中で目隠しを取ってやって、俺だよ、だから安心しろ、なんて言ってやりたかったけど、そのときに俺を見る目にあの女のような憎悪が宿ってしまったら、俺はそのまま真治を殺してしまうかもしれなかったので、できなかった。

　真治のアソコは乳首と同じ色をしていた。意外と大きさはあったが、色と形状のせいかグロテスクな感じはしなかった。あのクソ女の穴にこれが入ったのかと思うと腹が立ったが、女に乗られて喘いでいる真治を想像すると興奮した。

　泣き叫ぶ真治を可哀想に思いながらも、俺は目の前にぶら下げられた絶品の肉にむしゃぶりつかずにはいられなかった。痛い思いをさせたくなかったので少しクスリを使った。この日のために男同士のセックスについて調べたが、初めてのことだったので傷つけない自信がなかった。いざ始めてしまえば、不安などどこかへ行ってしまった。夢中になって乳首を吸った。性器を吸った。真治の体液は美味《うま》かった。もっと味わいたかったが、自分の下半身が限界だった。慎《つつ》ましげに口を窄《すぼ》めたアナルを、じっくりと時間をかけて拡張し、慎重《しんちょう》に押し入った。

　ひとつになった！　真治とひとつになった！

　好きだ愛してると叫び出したかったが、声を出してはいけないので、ただひたすら真治を狂おしく抱きしめて腰を揺すった。真治の中はきつくて、熱かった。初めてなのに、クスリのためか、真治は何度も射精していた。幸福で、頭がどうにかなりそうだった。常に目隠しをとってやりたい衝動《しょうどう》と戦っていた。快楽に潤《うる》んだ紫の瞳が見てみたかった。手足の縛《いまし》めを解《と》いて、二人で絡《から》み合って、愛し合いたかった。けれど、それはまだ先の話だ。今、真治は強姦魔にレイプされている。一方的でなくてはいけなかった。

それからも全てが俺の思い通りに運んでいた。犯人役の山崎は怒り狂った天野に処分され、俺は天使を手に入れた。甘い甘い蜜のような生活だった。それは、真治が俺を犯人なのではないかと勘づいてからも、変わらなかった。

真治があまりものを深く考えない、複雑な思考を持たない人間だということはわかっていた。馬鹿というのではない。ただ、疑わない人間だったのだ。表側だけを見つめていて、その裏側に何があるのかということに興味を持たない、まっすぐな性格をしていた。けれどそれだけに、時々動物的な直感のようなもので俺を驚かせることがあった。真治は自分の痛みに鈍感《どんかん》で、他人の痛みに敏感《びんかん》なところもあった。だから、あんなことが言えたのだろう。祐紀《ゆうき》のことは憎くない、祐紀をこうさせてしまったのは自分だから、自分がこういう祐紀を産み出したのだから、憎いはずがない、と。

「無理しなくていいよ、真治」

「大丈夫、無理、してない」

真治は裸で俺の脚の間にうずくまって、俺の勃起したものを舐めている。その小さな口には俺のものは収まり切らない。それでも何とかして咥《くわ》えようとするけれど、喉《のど》の奥に当たって苦しげに呻《うめ》いているので、俺はやめさせようとしたけれど、真治は続けたいと言う。

真治は母性を持っていた。もしかすると、俺がいちばん惹《ひ》かれたのはそこだったのかもしれない。あの夜レイプしたのが俺だとわかっているのに、真治は俺から離れるどころか、自《みず》ら奉仕《ほうし》をすることが多くなった。俺を赤ん坊だと言った真治。実のところ、それは当たっている気がする。俺は、赤ん坊の頃に戻りたいのだ。母親の優しい腕に抱かれて、乳を吸って、甘えたいのだ。「男なんて皆マザコンよ」としたり顔で言っていた年上の女を思い出す。皆かどうかは知らないが、自分は間違いなくマザコンなのだろう。けれど、母性を持つのが女だとは限らない。計算高く保身と保障しか考えない女に甘えたいなどと思ったことはなかった。普通の女はなぜか、自分の実の母親を連想させる。彼女たちがヒステリーを起こしたり、誰かの悪口を言ったりするのを見ていると、突然、忘れかけていたはずのあの悪魔のような顔を思い出すのだ。天使のように可愛い顔をしても、すぐに憎悪を剝き出しにする女たち。あんな奴らはいらない。もう、真治しか欲しくなかった。

「ああ、はああ」

ゆっくりと蕩《とろ》けた穴に押し込むと、真治は甘い声を上げて、腹にとろりと精液を垂らした。美しい顔が歪《ゆが》むのは、淫靡《いんび》だ。測られたように端整な顔が変形するとき、作り物めいた冷たさが消えて、性の生々しさが現れる。真治の歳のわりに幼い顔がどんどん淫《みだ》らになっていくのは、堪《たま》らない愉悦《ゆえつ》だった。

「気持ちいい？　真治」

真治は切《せつ》なげに眉間《みけん》を絞《しぼ》って、額《ひたい》に汗を浮かべている。深くまで突き入れて、奥をこんこんと小刻みに入れてやると、痛いのかいいのかよくわからない顔で俺にしがみついてくる。真治は尻に入れられるのが大好きだった。最初の体験で、俺がそうさせてしまったらしかった。

「いい、気持ちいい」

そのとき、俺はふとあることを思い出した。

「もうすぐ、真治の誕生日だな」

耳朶《じだ》を食《は》みながら囁《ささや》くと、真治はぼんやりとした顔で俺を見た。

「そっか。もうすぐ十一月か」

「お前、まさか自分の誕生日忘れてねえよな」

「なんか、まだ九月くらいのような気がして」

「若いのに耄碌《もうろく》すんなよ」

深く口を吸うと、きゅうっと真治のアナルが締まる。真治が俺とのキスが好きなのがわかって、俺は嬉しくなる。

「何が欲しい。何でも買ってやる」

「祐紀は、誕生日じゃなくたって、何でも買ってくれるじゃないか」

「そっか。じゃあ、何しようか」

ゆっくりと腰を回しながら、真治の体を楽しむ。入れているとずっと前立腺《ぜんりつせん》が圧迫されているらしく、少し動いただけで真治は精液混じりの先走りを間断《かんだん》なく垂らしている。真治は頬を紅潮させて喘いだ。

「何も、しなくていいよ」

「そんなつまんないこと言うなって」

「だって、もうお前は何でもしてくれてるから、もう十分」

「だけどさ」

「やめよう、気が散るよ」

後で、と言われて、それもそうだ、と俺はセックスに集中することにした。俺は十のときに家庭教師の女で童貞を卒業してから、何人経験したか数えていない。けれど、セックスの印象は最初と変わっていない。こんなものか、ということだ。ただ抱き合って、入れて、擦《こす》って、出しておしまい。相手をイかせることに躍起になっていた頃もあるけれど、それも相手との相性やある程度のコツがあり、自分の快感にはあまり関係がなかった。女が達することで自尊心を保てる男も多いのだろうけど、そんなことで左右される自尊心など大したものじゃない。俺は自分本位だった。射精できればそれでよかった。そう考えると、セックスはあまり好きではないのかもしれない。ただ、そういう欲求は強かったので、生理的な動機から毎日動物のように性交に勤《いそ》しんでいた。

けれど真治を相手にするときは違う。真治に気持ちよくなって欲しかった。そして、真治が快感を感じると、俺も途方もない快さに支配された。真治が愛おしくて愛おしくて、片時も離れていたくなかった。

俺はどうしてしまったんだろう、と思うことがある。真治という天使を手に入れて、頭が天国に行ってしまったんだろうか。他人にこんなに執着《しゅうちゃく》するのは初めてのことで、自分の心情が理解できない。

不思議なのは真治だった。真治はいわば被害者で、俺は加害者だった。俺は様々な囲いを張り巡《めぐ》らせて真治を逃げられなくした。だから、真治は俺のことなど愛していないはずなのだ。それなのに、真治は俺を好きだと言う。ストックホルム症候群と言ったか、被害者が加害者に恋愛感情を抱いてしまうあの状況なのだろうか。

最近、幸せ過ぎて怖い。俺たちの生活はまるで新婚夫婦のそれだった。俺は真治が寝ている間に朝食を作って、起きたら食べさせて大学へ送り、会社の仕事に奔走《ほんそう》した。そして夕方には再び大学へ真治を迎えに行って、夜は真治の作った夕食を食べ、一緒に風呂に入って、セックスして眠るというサイクルだ。

真治は前のように嘘をついて飲み会に行くことはなくなったし、俺を愛しているし俺がいなければ生きていけないということまで口にする。疑《うたぐ》り深い俺は騙《だま》されているのかもしれないと思いつつ、真治の愛らしい顔を見ているとどうでもよくなっていた。俺も真治がいればいい。真治が嘘をついていようと、何か企《たくら》んでいようと、俺は真治を離さない。逃がさない。そう決めていた。

そういえば、実の母親が死んでしまう前、俺は彼女に会ったことがあった。昔の悪魔のような顔が嘘のように、心穏やかな顔をしていた。「まあ、可愛い子ね、いくつ？」と聞かれて、俺は驚いた。彼女は、精神を病んでしまっていたのだった。だから、あんなに優しい、天使のような顔をしていたのだった。その数日後、彼女は首を吊った。

「真治」

俺は突然、恐ろしくなって、真治を抱きしめた。

「俺のこと、絶対に一人にしないでくれよ」

「どうしたんだよ、いきなり」

「なあ、約束してくれよ。俺、何だってしてやるから。何だって言うこと聞くから」

真治は驚いた様子で俺を見つめて、困ったように笑って、俺の髪をそっと撫《な》でた。

「大丈夫だよ。一人にしないよ」

「本当。絶対だからな」

「本当だってば。安心して」

真治は滑《なめ》らかな胸に俺の頭を抱きしめた。真治の匂いがして、俺はしなやかな体にしがみついて、深く息を吸った。

「いい子だね」

真治は俺の頭を撫で続けてくれた。慈《いつく》しむ心が指先に満ちているような優しい感触だった。急に溢《あふ》れた涙で視界がぼやけた。小指のリングは、明日にでも捨てようと決めた。

あとがき

こんにちは。丸《まる》木《き》文華《ぶんげ》です。

この作品で花丸文庫BLACKさんでは四冊目の本となりました。ありがとうございます！

今まで暗い話↓明るい話↓明るい話↓そして今回の暗い話ときましたが、この『mother』は暗いけれどもバッドエンドではないと個人的には思っています。ただずーっと暗い雰囲気で爛《ただ》れているので、重苦しい読後感にはなってしまったかもしれません。太陽のない曇《くも》った日に悲しいロシア民謡でも聞きながら読むと合う気がします。

今回の攻めは今まで書いてきた中でもかなり上位に食い込んでいると思います。怖い人ランキングの。

塚越《つかこし》は内面的にもかなり特殊《とくしゅ》な思考の持ち主なので、彼を懐柔《かいじゅう》するには真治《しんじ》レベルの天使でないと太《た》刀《ち》打《う》ちできませんね。

真治が天使なのは嫌なことをオートマで忘れられるおめでたい頭があったか

らですが、辛いことを無意識のうちに忘れてしまうというのは誰にでもある機能なのではないでしょうか。ときには突然恥ずかしい記憶が蘇ってきて、ウワー！　と声をあげてしまうこともあるのですが。私が。真治はきっとそんなこともあまりないんだと思います。羨《うらや》ましいです。

私の作品をある程度読んでいる方なら、今回のお話はあらすじを見た時点で出オチだったと思うのですが、いかがでしたでしょうか。少しでも楽しんで頂けましたら嬉しいです。

最後に、この本をお手にとって下さった皆様、担当のS様、本当にありがとうございます！

またどこかでお会いできることを願っております。

作家・イラストレーターの先生方へのファンレター・感想・ご意見などは
〒101-0063東京都千代田区神田淡路町2-2-2
白泉社花丸編集部気付でお送り下さい。
編集部へのご意見・ご希望などもお待ちしております。
白泉社のホームページはhttp://www.hakusensha.co.jpです。

花丸文庫 BLACK

mother

2013年1月25日　初版発行

著　者　丸木文華 ©Maruki Bunge 2013
発行人　藤平 光
発行所　株式会社白泉社
〒101-0063 東京都千代田区神田淡路町2-2-2
電話 03(3526)8070[編集]
電話 03(3526)8010[販売]
電話 03(3526)8020[制作]
印刷・製本　株式会社廣済堂
Printed in Japan　HAKUSENSHA
ISBN978-4-592-85100-4

定価はカバーに表示してあります。